TABEA BACH

Weihnachten in der Seidenvilla

Weitere Titel der Autorin:

Die Kamelien-Insel
Die Frauen der Kamelien-Insel
Winterliebe auf der Kamelien-Insel
Heimkehr auf die Kamelien-Insel
Die Seidenvilla
Im Glanz der Seidenvilla
Das Vermächtnis der Seidenvilla
Weihnachten in der Seidenvilla
Sonne über dem Salzgarten (erscheint im Frühjahr 2022)

Alle Titel sind in der Regel auch als Hörbuch erhältlich.

Über die Autorin:

Tabea Bach war Operndramaturgin, bevor sie sich ganz dem Schreiben widmete. Sie wurde in der Hölderlin-Stadt Tübingen geboren und wuchs in Süddeutschland auf. Ihr Studium führte sie nach München und Florenz. Heute lebt sie mit ihrem Mann in einem idyllischen Dorf im Schwarzwald, Ausgangspunkt zahlreicher Reisen in die ganze Welt. Die herrlichen Landschaften, die sie dabei kennenlernt, finden sich als atmosphärische Kulisse in ihren Romanen wieder. Mit ihrer *Kamelien-Insel*-Saga gelangte sie sofort auf die Bestsellerliste. In den erfolgreichen *Seidenvilla*-Romanen wechselte der Schauplatz zu einer Seidenweberei in Venetien. Mit ihrer *Salzgarten*-Reihe führt uns Tabea Bach auf die Kanarischen Inseln.

Tabea Bach

Weihnachten in der Seidenvilla

Eine Geschichte im Veneto

lübbe

Dieser Titel ist auch als E-Book erschienen.

MIX
Papier aus verantwortungsvollen Quellen
FSC® C014496

Originalausgabe

Lektorat: Melanie Blank-Schröder
Textredaktion: Ulrike Brandt-Schwarze
Titelillustration: © www.buersosued.de
Umschlaggestaltung: © www.buersosued.de
Satz: hanseatenSatz-bremen, Bremen
Gesetzt aus der Adobe Garamond Pro
Druck und Verarbeitung: GGP Media GmbH, Pößneck
Printed in Germany
ISBN 978-3-404-18521-4

2 4 5 3 1

Sie finden uns im Internet unter:
luebbe.de
Bitte beachten Sie auch: lesejury.de

1
Ein überraschender Termin

»Und dieses alte Zeug gefällt dir wirklich?«

Carmela Ponzino stand, auf ihren Stock gestützt, in der Kirche von Asenza und zupfte unzufrieden an einer der Seidenblüten herum, mit denen Nathalie, Angela und Mariola die dem Gang zugewandten Seiten der Bänke schmückten. Unter der Kanzel war, wie im Veneto Tradition, eine Weihnachtskrippe mit fast lebensgroßen Figuren aufgebaut. Ochs und Esel blickten andächtig auf Maria und Josef mit dem Kind. Über dem Altar hing ein riesiger Weihnachtsstern. Es war der Vormittag des 24. Dezembers. Am folgenden Tag würden sich hier Nathalie und Amadeo das Jawort geben.

»Das ist kein altes Zeug!« Nathalie nahm eine weitere einstmals weiße Stoffblume aus dem Karton, den sie bei der Renovierung der Villa Duse gefunden hatten, und hielt sie hoch. »Sie sind wunderschön!«

»Aber völlig vergilbt! Mariola, warum machst du deiner Freundin keine neuen? Du bist doch so geschickt mit Nadel und Faden. Und Seide gibt es in der Villa schließlich genug.«

»Meine liebe Carmela, das verstehen Sie nicht«, entgegnete Angela und zwinkerte ihrer ratlos mit den Schultern zuckenden Tochter zu. »Das nennt man *Vintage*!«

»Genau«, bestätigte Nathalie. »Anderswo müsste man eine Menge Geld für solche Seidenrosen bezahlen, gerade, weil sie so alt und ein wenig ausgebleicht sind.«

»Kamelien«, korrigierte Carmela sie und wandte sich zum Gehen. »Bei Winterhochzeiten haben sich die Bräute in Asenza schon immer mit Kamelien geschmückt. Das solltet ihr wissen, wo ihr so viel auf unsere Traditionen gebt.« Sie blieb abrupt stehen und wandte sich zu Nathalie um. »Seidenrosen? Sag bloß, du hast Rosen für den Brautstrauß bestellt?«

Nathalie sah sie bestürzt an. »Ja. Was ist daran falsch?«

Carmela stieß einen tiefen Seufzer aus. »*Madre mia!* Wo hast du den Strauß in Auftrag gegeben? Bei Lanzaroni? Ich bring das in Ordnung.«

»Ich denke, Nathalie sollte selbst entscheiden,

welche Blumen sie in ihrem Brautstrauß haben möchte«, schaltete Angela sich ein, als sie sah, wie bleich ihre Tochter geworden war.

Mariola nickte. »Viele Bräute entscheiden sich für Rosen!«

»*Sciocchezze*«, gab Carmela ungnädig zurück. »In Neapel vielleicht. Bei euch zu Hause hat man ja sowieso keinen Ge…«

»Carmela, bitte«, unterbrach Angela die alte Dame energisch.

»Dein Großvater wird sich im Grabe umdrehen«, fuhr Carmela an Nathalie gewandt ungerührt fort, »wenn du mit Rosen … eigentlich eine Schande, dass Lanzaroni dir das nicht erklärt hat. Rosen … wenn ich das schon höre …« Vor sich hin schimpfend hatte die alte Weberin, auf ihre beiden Stöcke gestützt, das Portal erreicht. Kurz darauf fiel es dröhnend ins Schloss.

»Du liebe Güte«, seufzte Nathalie und ließ sich auf eine der Bänke sinken. »Das sollen also Kamelien sein?« Sie drehte und wendete die Blüte in ihrer Hand.

»Was für eine unnötige Aufregung!« Angela schüttelte den Kopf. »Mach dir keine Sorgen, Schatz«, sagte sie und griff nach ihrem Handy, um den Floristen anzurufen. »Alles bleibt so, wie du es ausgesucht hast. So weit kommt es noch, dass sich die gute Carmela bei deinem Brautstrauß einmischt.«

»Gleich sind wir fertig, nur noch diese hier.« Während Angela dem Floristen erklärte, dass es keineswegs eine Änderung in der Bestellung ihrer Tochter geben solle, egal, was Signora Ponzino ihm erzählen würde, nahm Mariola ihrer Freundin sanft die Blüte aus der Hand, um sie an der letzten Kirchenbank zu befestigen.

»Schau mal«, sagte sie und hob die leere Schachtel. »Sie haben genau ausgereicht. So als ob sie extra hierfür angefertigt worden wären.«

Nathalie betrachtete ihr gemeinsames Werk und atmete tief durch.

»Das sieht wirklich wunderschön aus«, seufzte sie. »Ach, Mariola, wenn ich gewusst hätte, mit wie viel Stress so eine Hochzeit verbunden ist, dann …«

»Was dann?« Mariola setzte sich neben Nathalie in die Bank. »Hättest du sie etwa abgeblasen?«

Nathalie knuffte sie liebevoll in die Seite.

»Ihr hättet eine Doppelhochzeit feiern sollen«, meinte Angela. »Geteilter Stress … halb so schlimm.«

»Ja«, sagte Nathalie. »Das wäre bestimmt lustig geworden.«

Dann bemerkten sie, wie sich Mariolas Miene verschloss, und wechselten einen erschrockenen Blick.

»Entschuldige«, sagte Angela. »Ich wollte dir nicht …«

»Ist schon gut«, unterbrach Mariola sie und seufzte. »Gianni würde ja gerne heiraten. Es ist nur …« Sie wandte das Gesicht ab und schien die Krippenfiguren zu betrachten. »Na ja, ich hab einfach noch nicht vergessen können, wie es damals mit Edoardo war.«

»Aber Gianni ist doch ganz anders als dein erster Mann«, gab Nathalie sanft zu bedenken. »Er ist die Liebenswürdigkeit in Person und würde ganz gewiss keinem etwas zuleide …«

»Ich weiß.« Mariolas Stimme zitterte. »Du hast vollkommen recht.« Sie räusperte sich. Nathalie griff schnell nach ihrer Hand und drückte sie.

»Du brauchst eben noch ein bisschen Zeit«, beeilte sich Angela zu sagen und biss sich ärgerlich auf die Unterlippe. Warum hatte sie das Thema überhaupt angeschnitten? Jetzt hatte sie Mariola wieder an ihre schreckliche erste Ehe erinnert, und das war das Letzte, was sie wollte.

»Ja, vermutlich«, antwortete Mariola, sah auf ihre Armbanduhr und erhob sich. »Sollten wir nicht nach unseren Kindern sehen, ehe sie Signora Tessa zur Verzweiflung bringen?« Sie lachte, und Nathalie stimmte erleichtert mit ein.

Angelas letzter Blick galt der Kirche. Alles war perfekt. Am folgenden Morgen würde Lanzaroni den Altarschmuck bringen. Und dann war es so weit …

»Was gibt es denn sonst noch zu erledigen?«, fragte Mariola, als sie die Kirche verließen.

»Das war der letzte Punkt auf meiner Liste«, erklärte Nathalie erleichtert.

»Das ist gut«, sagte Mariola, während sie gemeinsam die steile Gasse zur Piazza della Libertà hinuntergingen. »Dann habt ihr noch ein bisschen Ruhe, ehe es morgen ernst wird. Amadeo wirkt, als hätte er ziemlich viel gearbeitet in letzter Zeit.«

»Ja, das hat er wirklich.« Nathalies Miene verdüsterte sich.

Angela sah sie besorgt an. Erst am vergangenen Abend hatte ihr Nathalie ihr Leid geklagt. Seit Amadeo sich in Venedig als freier Anwalt niedergelassen hatte, fand er kaum noch Zeit für etwas anderes als seine Arbeit. Es wäre natürlich bewundernswert, hatte sie gesagt, wie sehr er sich für seine Klienten engagiere. Aber manchmal würde er es ihrer Meinung nach übertreiben. Angela hatte allerdings das Gefühl, dass es da noch etwas anderes gab, was ihre Tochter bedrückte. Doch darüber hatte Nathalie mit ihrer Mutter bislang noch nicht gesprochen.

»Ist alles in Ordnung?« Selbst Mariola war offenbar aufgefallen, dass Nathalie drauf und dran war, ihre gute Laune zu verlieren. Besorgt musterte sie ihre Freundin.

»Natürlich«, antwortete Nathalie rasch. »So ist es eben, wenn man gerade eine Anwaltskanzlei eröffnet hat. Da … da gibt es viel zu tun.«

Hoffentlich ist es nur das, dachte Angela.

»Na, da ist ja unsere *promessa sposa*.«

Fast die gesamte Belegschaft der Seidenvilla, einschließlich der Schneiderin Romina, hatte sich, eingepackt in warme Jacken, an diesem milden Wintertag um einen der Stehtische vor der Bar des Hotels Duse zusammengefunden.

»Was ist denn hier los?«, fragte Nathalie erstaunt, als sie sah, dass jede der Weberinnen ein Glas Prosecco in der Hand hielt, während sich Nicola und Stefano, die beiden Weber aus Angelas Truppe, ein Bier genehmigten. »Gibt es etwas zu feiern?«

»Und ob!« Orsolina strahlte sie an und hob ihr Glas. »Den Beginn der Betriebsferien. Und deine morgige Hochzeit.«

»Signora Angela hat uns heute freigegeben …«, fügte Maddalena hinzu, und Angela nickte.

»… weil wir tatsächlich schon mit allen Bestellungen fertig geworden sind«, vollendete Nola, die dienstälteste Seidenweberin, zufrieden. »Wenn ich da an vergangenes Jahr denke, da haben wir an Heiligabend sogar noch bis in den späten Nachmittag hinein geschuftet.«

»Ja, das stimmt«, räumte Angela reumütig ein. »Dieses Jahr haben wir das viel besser organisiert. Und Sie haben alle fantastische Arbeit geleistet.«

Nathalie sah sich suchend um. »Wo sind denn Fioretta und Anna?«

»In Venedig«, antwortete Angela. »Auf dem Kunsthandwerkermarkt beim Campo Santo Stefano. Ich hab dir doch erzählt, dass wir im letzten Moment noch einen Stand angeboten bekommen haben, weil jemand abgesprungen ist. Und jetzt repräsentieren die beiden dort unsere Seidenvilla.«

»Trinkt ihr ein Glas mit uns?«, fragte Nicola und wollte Fausto, dem *barista* des Hotels Duse, winken, aber Mariola wehrte ab.

»Ein andermal«, sagte sie. »Wir sollten nach unseren Kindern sehen. Sicher ist Signora Tessa schon mit den Nerven am Ende …«

»Was soll ich sein? Mit den Nerven am Ende?« Zu Nathalies Freude blitzte der silbergraue Bob der alten Dame im Dunkel der Bar auf. Ihre bald achtundsiebzig Jahre sah man Tess kein bisschen an. Sie war einst die beste Freundin von Angelas Mutter gewesen und nach deren frühem Tod eine Art mütterliche Freundin für sie geworden. Ihr war es außerdem zu verdanken, dass Angela in Asenza die Seidenvilla mit den historischen Webstühlen gekauft und den Betrieb gemeinsam mit den Weberinnen und Webern zu neuer Blüte gebracht hatte.

»Du glaubst, ich komme mit zwei so reizenden Kindern nicht zurecht?« Tess lachte schallend. An der einen Hand hielt sie den kleinen Pietrino, Nathalies Sohn, an der anderen Valentina, Mariolas Tochter. Die beiden Kleinen waren mit einem Abstand von nur vier Wochen zur Welt gekommen, inzwischen gut zwei Jahre alt und die allerbesten Freunde. »Habt ihr das gehört, *bambini*?«

Valentina gluckste und streckte den freien Arm nach ihrer Mutter aus, während sich Pietrino grinsend hinter seiner *Nonnatessa*, wie er sie nannte, versteckte.

»Also für ein Glas Prosecco ist immer Zeit, Mariola«, erklärte Angela und machte Fausto ein Zeichen. »Und was wollt ihr?«, fragte sie an die Kinder gewandt. »Noch eine Tasse Kakao?«

»Nein, auf keinen Fall«, entschied Nathalie und betrachtete kritisch den feinen braunen Rand, der Pietrinos Mundwinkel zierte. »Wie ich sehe, hatten sie bereits *una cioccolata*, stimmt's, mein Herz?« Pietrino nickte eifrig. »Du verwöhnst sie zu sehr, liebste Tess«, seufzte sie und sah zu, wie ihr Junge zu Eddas kleinem Hündchen lief, das sich die Friseurin vor Kurzem angeschafft hatte. Ein echter Handtaschenhund, hatte Nicola gespottet, der vor ein paar Jahren eine Zeit lang mit der temperamentvollen Edda liiert gewesen war.

»*Buon Natale!*«, grüßte Edda in die Runde. Und zu Nathalie gewandt fügte sie lächelnd hinzu: »Ist alles fertig für die Hochzeit?«

»Ja, ich glaube schon«, antwortete Nathalie mit einem tiefen Seufzen. »Matilde und Emilia scheinen für das Festmahl alles im Griff zu haben. Sie belagern seit Tagen die Küche oben in der Villa Duse.«

»Das Kleid ist wunderschön geworden«, schwärmte Nola. »Ein wahrer Traum und einer *principessa* würdig!« Sie und besonders Maddalena, die eine Schwäche für die alten Adelstitel hatte, strahlten. Denn Amadeo war der jüngste Spross einer uralten Fürstenfamilie aus Venedig, auch wenn seit Jahrzehnten die Adelstitel in Italien abgeschafft worden waren und weder er noch sein Vater Vittorio Wert darauf legten.

»Romina hat sich wieder einmal selbst übertroffen«, fügte Nathalie anerkennend hinzu, und die

Schneiderin lächelte bei diesem Lob. Wie immer war sie auch an diesem Tag extravagant gekleidet: Zu weinroten Pumphosen aus Wollflanell trug sie eine asymmetrisch geschnittene Jacke aus verschiedenen Resten von Nicolas traumhafter Jacquardseide. Dabei hatte sie die unterschiedlichen Muster und Farben raffiniert kombiniert. Romina hatte viele Jahre in einer venezianischen Schneiderei gearbeitet, die sich auf die Fertigung von ebenso kostbaren wie fantasievollen Karnevalskostümen spezialisiert hatte, und entwarf ihre Kleidung stets selbst.

»Ja, das Brautkleid ist wirklich schön geworden«, seufzte sie und sah sich um, ob ihr Freund, der Architekt Dario Monti, in der Nähe war. »Ganz ehrlich, ich hatte immer gedacht, mir eines Tages selbst so ein ähnliches Modell zu schneidern. Aber jetzt bin ich zweiundfünfzig Jahre alt und bisher hat mir noch kein Mann einen Heiratsantrag gemacht.«

»Soll ich Dario mal auf die Sprünge helfen?« Nathalies Augen blitzten unternehmungslustig.

»Das wirst du schön bleiben lassen«, gab Romina zurück und drohte ihr spielerisch mit dem Zeigefinger.

Seit Romina ihre Stelle in Venedig aufgegeben und in Asenza eine Wohnung bezogen hatte, waren sie und Dario Monti ein Paar. Doch offenbar war der Architekt noch nicht auf die Idee gekommen, Romina einen Antrag zu machen.

»Habt ihr auch daran gedacht, etwas Altes, etwas Geliehenes und etwas Blaues einzuarbeiten?«, wechselte Edda das Thema.

»Natürlich!«, riefen Mariola und Romina gleichzeitig und mussten lachen. Auch Mariola arbeitete im Modeatelier mit, nähte komplizierte Details von Hand und war auf Stickereien aller Art spezialisiert. Mariola hat Zauberhände, sagte Angela oft.

»Es ist das schönste Brautkleid der Welt«, verkündete Nathalie im Brustton der Überzeugung und sah in die Runde der Weberinnen und Weber. »Auch deswegen, weil eure Seidenstoffe so traumhaft sind.«

»Wir sind glücklich, wenn es dir gefällt«, antwortete Maddalena im Namen aller, denn jeder von ihnen hatte etwas zu Nathalies Hochzeitskleid beigetragen.

»Und darauf lasst uns trinken«, schlug Angela vor und hob ihr Glas. »Auf Nathalies Brautkleid und überhaupt auf den wundervollen Zusammenhalt in Asenza.« An Fausto gewandt fügte sie hinzu: »Kommen Sie, Fausto, trinken Sie ausnahmsweise auch ein Glas mit uns. Das geht auf meine Rechnung.«

»Sie selber trinken ja kaum etwas«, stellte Stefano erstaunt fest.

»Ich muss nachher noch mal nach Venedig fahren«, erklärte Angela.

»Was? Wieso das denn, Mami?«, fragte Nathalie.

»Ich habe Romina versprochen, deine Brautschuhe abzuholen«, antwortete Angela mit einem Blick auf ihre Schneiderin. »Sie sind nicht eher fertig geworden, und Romina hat einen freien Tag wirklich verdient.«

»Wegen Schuhen fahren Sie extra nach Venedig?« Fausto schüttelte verwundert den Kopf.

»Das sind nicht irgendwelche Schuhe«, entgegnete Romina, »sondern handgefertigte aus derselben Seide wie das Kleid.«

Fausto nickte und beeilte sich, einen älteren Herrn zu bedienen, der an die Theke getreten war.

»Ach je«, sagte Nathalie mit einem Seufzen. »Und ich dachte, wir könnten es uns alle miteinander ein bisschen gemütlich machen.«

»Mach du es dir mit Amadeo und dem Kleinen gemütlich«, schlug ihre Mutter vor. »Ich schau bei der Gelegenheit auch bei Fioretta und Anna vorbei und bring ihnen noch mehr Ware. Wie ich höre, sind die Seidentücher fast ausverkauft.«

»Last-Minute-Weihnachtsgeschenke für gestresste Ehemänner«, spottete Mariola.

»Oder Damen, die beim Anblick unserer Tücher

einfach nicht widerstehen können«, entgegnete Nicola seiner Schwester und warf ihr einen genervten Blick zu.

»Wie dem auch sei«, kam Angela einem Wortgefecht der Geschwister zuvor, »langsam sollte ich mich wohl auf den Weg machen.«

»Aber du isst doch noch mit uns zu Mittag?« Tess wies auf den Innenraum des Hotel Duse. »Ich hab für uns alle einen Tisch reservieren lassen, denn Emilia ist ja gerade mit den Vorbereitungen für das Festmahl beschäftigt. Ich dachte, wir beginnen gleich jetzt mit dem Feiern. Heute fängt Weihnachten an, wenigstens bei uns in Deutschland. Und seht mal, da kommt ja auch der glückliche Bräutigam.«

Amadeo überquerte gerade die Piazza della Libertà. Er trug Jeans und darüber eine taillierte Steppjacke, die sich geschmeidig an seine drahtige Figur schmiegte und deren dunkles Anthrazit sein goldblondes Haar betonte. Obwohl Angela ihn nun schon so lange kannte, verblüffte es sie immer wieder aufs Neue, wie attraktiv er war. Amadeo war ein ausgesprochen gut aussehender junger Mann, ja, auch wenn man dies von Männern eigentlich nicht sagte – er war ungewöhnlich schön. Nach den Fotos zu urteilen glich er wohl in vielem seiner verstorbenen Mutter, von ihr hatte er das dichte, blonde Haar, die ebenmäßigen Gesichtszüge und den sinnlichen Mund. Von seinem Vater Vittorio, mit dem Angela seit fast eineinhalb Jahren verheiratet war, hatte er die großen, dunklen Augen geerbt. Amadeo und Nathalie bildeten ein schönes Paar, darin waren sich alle einig. Angela beobachtete, wie sich die Miene ihrer Tochter entspannte und sie vor Glück zu strahlen begann. Ein Gefühl der Erleichterung durchströmte sie. Ganz sicher hatte sie sich umsonst Gedanken gemacht. Vermutlich waren alle jungen Bräute in den Tagen vor ihrer Hochzeit nervös und hinterfragten ihre Entscheidung.

»*Ciao, amore.*« Amadeo küsste Nathalie zärtlich auf den Mund. Seine Augen wurden für einen Augenblick samtig und noch dunkler als sonst. »Geht's dir gut?«, fragte er leise.

»Du kommst genau richtig für ein frühes Mittagessen«, begrüßte Tess ihn mit der ihr eigenen Fröhlichkeit. »Angela muss nämlich gleich noch nach Venedig, ein paar Besorgungen machen.«

»Du fährst nach Venedig?« Amadeo wandte sich interessiert zu Angela. »Das trifft sich gut. Kannst du mich mitnehmen?«

»Du willst … du willst nach Venedig?« Nathalie klang alles andere als begeistert. »Heute?«

»Ja, es muss leider sein.« Amadeo legte ihr liebevoll die Hand auf die Schulter, seine Aufmerksamkeit galt indes ganz ihrer Mutter. »Wann fährst du denn?«

Angela sah von ihm zu Nathalie und zögerte.

»Nun«, meinte sie, »eigentlich würde ich am liebsten so bald wie möglich los…«

»Fantastisch«, fiel ihr Amadeo ins Wort. »Je eher, desto besser.«

»Moment mal …«, warf Nathalie ein.

»Dann sind wir früher wieder zurück, *cara*«, erklärte Amadeo seiner Braut.

Nathalie ließ sich allerdings nicht so leicht abspeisen. »Was musst du denn da heute noch erledigen?« Sie klang aufgebracht.

»Es ist nur eine Kleinigkeit«, versuchte er sie zu beruhigen. »Deine Mutter und ich sind bald wieder zurück.«

Der kleine Pietrino kam angelaufen und klammerte sich an Amadeos Hosenbeine. Er nahm ihn hoch, gab ihm einen Kuss und ließ ihn ein paarmal spielerisch durch die Luft segeln, bis der Junge aufjauchzte. Dann übergab er ihn Nathalie.

»Wir hatten doch ausgemacht, wenigstens in diesen Tagen die Arbeit auszuklammern«, beharrte sie. »Ich hab Tiziana schließlich auch erklärt, dass sie diese

Woche nicht mit mir rechnen kann, obwohl es im Architekturbüro gerade drunter und drüber geht.«

»Nathalie, bitte …«

»Was kann so wichtig sein, dass du am Tag vor deiner Hochzeit nach Venedig musst?«

Nathalie war lauter geworden, und Pietrino fing an zu weinen. Angela seufzte. Ihre Tochter hatte ihr Temperament von ihrem verstorbenen Großvater Lorenzo Rivalecca geerbt. Genau wie bei ihm schwoll ihr sogar die Zornesader, wenn ihr etwas gegen den Strich ging. Meistens hatte sie ja recht, fand ihre Mutter. Jedenfalls, wenn man die Dinge von ihrer Warte aus betrachtete. Mitunter schoss Nathalie freilich über das Ziel hinaus. So wie jetzt.

Die fröhlichen Stimmen um den Stehtisch vor dem Hotel Duse erstarben. Die einen sahen Nathalie erschrocken an, während die anderen peinlich berührt zu Boden oder auf ihr Glas blickten.

»Es ist wichtig«, sagte Amadeo sachlich in die Stille hinein. »Und es könnte uns in einem Fall zum Durchbruch verhelfen.«

»Uns? Wen meinst du mit ›uns‹?«

In diesem Augenblick klingelte Amadeos Handy. In aller Ruhe zog er es aus der Tasche. Und obwohl Tess versuchte, durch eine unverfängliche Bemerkung die

Aufmerksamkeit der anderen abzulenken, konzentrierten sich doch alle auf die zornglühende Nathalie und auf Amadeo, der den Anruf scheinbar gelassen entgegennahm.

»*Ciao,* Grazia«, sagte er. »Ja, ich komme. Ich kann mit jemandem mitfahren … Das weiß ich noch nicht. Ich schicke dir eine Nachricht. Ja … genau. Bis später also. *Ciao.*«

Er beendete das Gespräch und wollte sich eben Angela zuwenden, als Nathalie ihn am Arm festhielt. »Du fährst zu dieser Grazia?«

Umsonst versuchte Angela, ihr mit den Augen zu bedeuten, sich besser zu beruhigen. Amadeos Miene wurde finster.

»Es geht um einen Fall«, sagte er nun sichtlich verärgert. »Ich versteh nicht, was daran falsch sein soll. Ich fahre mit deiner Mutter nach Venedig und komme mit ihr zurück, *va bene?* Und jetzt hör auf, mir vor allen Leuten eine Szene zu machen, nur weil ich meine Arbeit tue.«

»Ich … ich glaube, wir müssen jetzt wohl los.« Orsolina hatte ihren Mann Stefano untergehakt und zog ihn, wie sie wohl glaubte, unauffällig vom Schauplatz. »*Ci vediamo domani*«, rief sie noch über ihre Schulter hinweg. Nola schloss sich ihnen an.

»Bis morgen«, sagte sie. »Und macht keinen Unsinn bis dahin, *ragazzi*!«

Wie aufs Stichwort verabschiedeten sich nun auch die anderen, Maddalena huschte davon wie ein scheues Reh, während Mariola ihr Töchterchen auf den Arm nahm, sich wortreich bei Tess bedankte und mit ihrem Bruder im Schlepptau ebenfalls das Weite suchte.

»Na wunderbar!«, meinte Tess enttäuscht. »Und wer isst jetzt mit mir zu Mittag?«

»Nathalie wird dir Gesellschaft leisten«, erklärte Angela sanft, aber bestimmt, den Blick fest auf ihre Tochter gerichtet. »Amadeo und ich werden uns von Fausto ein paar *panini* belegen lassen. Die essen wir unterwegs. Denn leider haben wir beide in Venedig etwas zu erledigen.«

2
Schlimme Ahnungen

»Sag mal, was ist denn eigentlich in dich gefahren?«

Angela stand neben ihrer Tochter auf der Toilette des Hotels Duse und zog sich den Lippenstift nach. »Amadeo hat gerade erst seine Kanzlei eröffnet. Weißt du, wie viele Anwälte es in Venedig gibt? Eine Menge. Er kann froh sein, jetzt schon so viele Klienten zu haben. Und wenn ihn einer braucht, dann muss er natürlich hinfahren.« Sie steckte ihren Lippenstift weg und drehte sich zu Nathalie, die sich mechanisch die Hände wusch und gar nicht mehr damit aufhörte. »Weißt du noch, als diese dämliche Schneiderin das Modelkleid für Donatella ruiniert hatte und ich wieder von vorne anfangen musste? Ich habe Tag und Nacht gearbeitet, um den Auftrag trotzdem termingerecht zu erledigen. Ich war auch an Weihnachten im Studio, und Mariola hat mir beigestanden. Also wenn dein zukünftiger

Mann genauso viel Pflichtbewusstsein zeigt, dann kann ich ihn dafür nicht …«

»Ach, Mami«, stieß Nathalie hervor. »Du hast ja keine Ahnung!« Erschrocken sah Angela, dass ihre Tochter in Tränen ausbrach. »Es …«, schluchzte sie, »es geht überhaupt nicht um seine Arbeit. Es geht um diese Grazia. Sie ruft andauernd an, und dann heißt es: Grazia hier, Grazia da. Er lässt alles stehen und liegen und fährt zu ihr. Sogar heute …«

»Du glaubst doch nicht …«, begann Angela alarmiert.

»Mami«, flüsterte Nathalie unter Tränen, »sie ist seine Ex. Er war mit ihr zusammen, als er noch zur Schule gegangen ist.«

»Zur Schule? Das ist ja inzwischen etliche Jahre her!«

»Sie war seine allererste große Liebe«, wisperte Nathalie. »Die erste Frau, mit der er geschlafen hat. Und jetzt …« Sie konnte nicht mehr weitersprechen.

Angela schloss sie in ihre Arme, strich ihr über den Rücken, wiegte sie und hoffte inständig, ihre Tochter würde sich wieder beruhigen. Dabei lief es ihr selbst eiskalt den Rücken hinunter. Morgen würde die Hochzeit stattfinden. Bis vor ein paar Tagen war sie davon ausgegangen, dass zwischen Amadeo und ihrer Tochter eitel Sonnenschein herrschte. Sollte sie sich getäuscht haben? »Was meinst du mit ›und jetzt‹?«

»Sie will ihn zurückhaben.« Nathalie schluchzte auf.

Vor der Tür zur Toilette waren Schritte zu hören. Dann verloren sie sich auf der benachbarten Herrentoilette. Angela holte tief Luft und bemühte sich, ihre Fassung zurückzugewinnen.

»Nathalie«, sagte sie ernst. »Vermutest du das nur, oder hast du dafür Beweise?« Mein Gott, fuhr es ihr durch den Kopf, ich rede ja wie eine Strafverteidigerin.

»Sie ruft dauernd an«, antwortete Nathalie mit erstickter Stimme. »Zehnmal am Tag. Und oft rennt er dann sofort los.« Sie schniefte. »Glaub mir, Mami. Diese Frau braucht bloß mit den Fingern zu schnipsen, und er kommt angerannt.«

Jemand klopfte von außen an die Tür zum Waschraum der Damen.

»Ist alles in Ordnung mit euch?« Es war Amadeos Stimme.

»Alles bestens«, gab Angela spontan und so fröhlich wie möglich zurück. »Wir kommen gleich. Weißt du was? Geh doch einfach schon mal vor. Wir … wir treffen uns an meinem Wagen vor der Villa Duse.«

Angespannt lauschten die beiden, wie sich Amadeos Schritte entfernten.

»Hör zu«, sagte Angela zu ihrer Tochter. »Was du da eben gesagt hast … das sind ungeheure Vorwürfe. Ihr werdet morgen heiraten! Glaubst du im Ernst, Amadeo würde das tun, wenn er eine andere Frau lieben würde?«

Kraftlos zuckte Nathalie mit den Schultern. »Ich weiß nicht mehr, was ich denken soll«, flüsterte sie. »Weißt du, da gibt es noch etwas anderes, was mir Sorgen macht.«

O Gott, dachte Angela. Was denn noch? Und warum um alles in der Welt hatte ihre Tochter, die sonst stets ihr Herz auf der Zunge trug, ihr all diese beängstigenden Dinge nicht früher anvertraut? »Was denn?«, fragte sie matt.

»Amadeo hatte noch nie eine Beziehung, die länger als eineinhalb Jahr gedauert hat. Dann hat er jedes Mal das Weite gesucht.« Nathalie putzte sich umständlich die Nase.

»Und?«, fragte Angela mit gerunzelter Stirn. »Was weiter?«

Nathalie richtete ihre rot geweinten Augen auf ihre Mutter. »Jetzt rechne doch mal nach«, forderte sie Angela auf. »Wir sind genau ein Jahr und ein halbes zusammen.«

Einen Moment lang herrschte Schweigen zwischen ihnen.

»Und du befürchtest …«

Die Tür wurde aufgerissen, und Tess stand auf der Schwelle. Sie runzelte ungehalten die Stirn. Als sie jedoch Nathalies verweintes Gesicht sah, wurde ihre Miene weich und bestürzt. »Was ist passiert?«

Nathalie stöhnte und verbarg ihr Gesicht in den Händen. »Ach, Tess, es tut mir leid …«

»Passt auf, ihr zwei«, fiel ihr Angela ins Wort. »Ich muss jetzt wirklich los. Nathalie wird dir alles erzählen.« Sie legte beide Hände auf Nathalies Wangen und drehte ihr Gesicht sanft zu sich. »Jetzt hör mir mal zu, mein Kind. Bestimmt hast du dich da in etwas verrannt. Ich werde Amadeo auf der Fahrt ein wenig auf den Zahn fühlen. Aber ich kann nicht glauben, dass das, was du …« Sie unterbrach sich mit Blick auf Tess, die kugelrunde Augen vor Sorge bekommen hatte. »Ganz sicher gibt es für alles eine vernünftige Erklärung. Amadeo liebt dich! Natürlich tut er das, das sieht ein Blinder, nicht wahr, Tess?« Und ehe ihre Freundin etwas sagen konnte, fuhr Angela fort: »Dein Verlobter und ich, wir werden jetzt nach Venedig fahren. Und heute Abend feiern wir Weihnachten. Morgen wirst du seine Frau. Und keine Grazia der Welt …«

»Ach, daher weht der Wind«, entfuhr es Tess. Entschlossen nahm sie Nathalie in ihre Arme. »Komm,

Kind, wir gehen zu mir nach Hause und plündern den Kühlschrank. Lass deine Mutter nur machen, was immer sie vorhat. Am Ende wird alles gut. Glaub mir, dir kann keine andere das Wasser reichen. Und dein Amadeo ist klug genug, das zu wissen.«

Die ersten Kilometer fuhren sie schweigend. Amadeo wirkte verschlossen und saß neben ihr im Wagen wie ein einsames, unglückliches Kind. Angela zog es das Herz zusammen, als sie begriff, dass nicht nur Nathalie, sondern auch er litt.

»Wie läuft es denn so mit der Arbeit?«, fragte sie, nachdem Amadeo auf ihr belangloses Geplauder nur einsilbig geantwortet hatte.

»Ganz gut«, sagte er, nun etwas lebhafter. »Weißt du, ich bin an Fälle herangekommen, die unter Umständen zu Präzedenzurteilen führen könnten. Es gibt wenige Anwälte, die sich mit diesem Thema befassen. Jedenfalls nicht auf der Seite der Betroffenen.«

»Was sind das für Fälle?« Angela warf ihm einen kurzen Blick zu. »Oder darfst du darüber nicht sprechen?«

»Es geht um Immobilienspekulationen«, antwortete Amadeo und seine Augen begannen zu leuchten.

»In Venedig ist Wohnraum und vor allem Grund und Boden rar, wenn man in der Lagune überhaupt von ›Grund und Boden‹ sprechen kann. Im historischen Zentrum gibt es keinen neuen Baugrund, und deswegen ist jedes noch so baufällige Haus ungeheuer kostbar. Alles, was kostbar ist, erweckt Gier.« Er schwieg und sah aus dem Fenster. Inzwischen hatten sie die Hügellandschaft, in der Asenza gelegen war, hinter sich gelassen. »Und wenn Menschen gierig werden, dann lassen sie sich zu unglaublichen Taten hinreißen«, fügte er ernst hinzu.

»Sind das lukrative Fälle?«

»Oh, nein.« Amadeo lachte auf. »Ich stehe ja nicht auf der Seite der wohlhabenden Spekulanten, die am liebsten die gesamte historische Innenstadt aufkaufen würden. Für vermögende Industrielle aus der ganzen Welt. Oder für Hollywoodstars. Die meisten der alten Palazzi werden übrigens in winzig kleine Wohneinheiten aufgeteilt und tageweise zu Höchstpreisen an Touristen vermietet. Das ist es, was Venedig am Ende kaputt machen wird.«

»Ist das denn illegal?«

Wieder lachte Amadeo bitter auf. »Das sollte es sein, ist es aber nicht. Die Mittel jedoch, mit denen alteingesessene Mieter aus ihren Wohnungen vertrieben werden, die sind an der Grenze zur Legalität und überschreiten sie oft.«

»Du vertrittst also die Mieter?«

»Im Augenblick einen«, erwiderte Amadeo. »Und wie viele andere gehört auch er zu den Verlierern in diesem Spiel. Weil sie arm sind, ihre Rechte nicht kennen und sich keinen Anwalt leisten können. Einer muss sich schließlich darum kümmern, also mach ich es.«

»Hast du dich deshalb entschlossen, Solomon Goldsteins Angebot abzulehnen und nicht in die Kanzlei seiner Familie in New York einzusteigen?«

»Genau«, antwortete Amadeo. »Während ich in den USA meinen Abschluss gemacht habe, hatte ich ausreichend Zeit, mir das alles durch den Kopf gehen zu lassen. Mir zu überlegen, was ich wirklich mit meinem Leben anfangen will. Du weißt ja, wie sehr meine Großmutter sich gewünscht hat, dass ich bei Ranelli Seta oder in ein anderes alteingesessenes venezianisches Unternehmen als Justiziar eingestiegen wäre. Ich bin jedoch zu dem Schluss gekommen, dass das alles nicht das Richtige für mich ist. Meine Familie hat sich seit Jahrhunderten auf ihren Privilegien ausgeruht und bei jeder Gelegenheit ihre Beziehungen spielen lassen. Erst Papà hat damit aufgehört, als er sein Studio für

Innenarchitektur gegründet hat. Dafür hat er meine Hochachtung. Und ich will nicht wieder damit anfangen, mich ins gemachte Nest zu setzen, nur weil mir mein Name alle Türen öffnen kann.«

»Das hast du auch nicht nötig«, warf Angela ein. »Schließlich hast du einen hervorragenden Abschluss vorzuweisen. Und den hast du dir ganz allein verdient.«

Amadeo nickte. »Und so soll es auch in Zukunft sein. Ich will mir meine Erfolge ehrlich verdienen. Und mir ist noch etwas anderes wichtig, Angela. Ich möchte von den Privilegien, die meine Familie seit Generationen auf Kosten der Ärmeren genossen hat, etwas zurückgeben. Mich um diejenigen kümmern, deren Fälle kein anderer Anwalt übernimmt. Denn sie sind schlecht bezahlt. Und wenig spektakulär. Aber sie sorgen für Gerechtigkeit. Und wenn der Name Fontarini mir *dabei* helfen kann, dann soll es mir recht sein.«

Er sprach so leidenschaftlich, dass Angela das Herz aufging. Ja, das war Vittorios Sohn, wie sie ihn kannte. Ein hochintelligenter und gutherziger Mann in der Gestalt eines Adonis, dem man auf den ersten Blick solche Ansichten gar nicht zutraute. Der jüngste Spross einer Fürstenfamilie, der auf seine Weise mit diesem Erbe umging.

»Ich finde das großartig«, erklärte Angela. »Außerdem weiß ich, dass sich Nathalie auch deswegen in dich verliebt hat, weil du so denkst.«

Amadeo sah sie überrascht an. Er wirkte, als wolle er etwas erwidern, doch dann überlegte er es sich offenbar anders und wandte den Blick ab.

»Musst du wegen eines solchen Falls heute nach Venedig?« Angela hatte sehr wohl bemerkt, wie er auf die Erwähnung von Nathalie reagiert hatte, und ihre Sorge wuchs.

»Ja.« Er zog sein Handy aus der Tasche, tippte darauf herum und steckte es wieder weg. »Wenn wir Glück haben und die Informationen stimmen, dann könnte es sein, dass wir heute den Durchbruch schaffen.«

Angela horchte auf. Da war wieder dieses »wir«, das ihre Tochter in Alarmzustand versetzt hatte. Fieberhaft überlegte sie, wie sie mehr darüber erfahren könnte, ohne dass Amadeo sich wie in einem Kreuzverhör vorkam. »Arbeitest du in diesem Fall mit einem Partner zusammen?«

»Nein«, antwortete Amadeo. »Du weißt doch, dass ich beschlossen habe, erst mal allein zu arbeiten. Glücklicherweise hat mir Sol diesen Büroraum angeboten. Im Augenblick brauchen sie ihn nicht, erst wenn sich seine Firma erweitert. Bis dahin werde ich hoffentlich so weit sein, mir eigene Räumlichkeiten leisten zu können. Vielleicht denke ich dann über eine Partnerschaft nach. Zuerst muss ich vor Gericht ein paar Fälle gewinnen.«

»Ich frage nur«, tastete Angela sich vorsichtig weiter vor, »weil du so oft von ›wir‹ sprichst.«

»Ach so, du meinst Grazia«, gab Amadeo arglos zurück. »Das war ein echter Glücksfall, dass wir einander nach all den Jahren wieder über den Weg gelaufen sind. Wir sind gemeinsam zur Schule gegangen und … na ja, danach haben wir uns aus den Augen verloren. Grazia ist inzwischen Sozialarbeiterin und betreut einige der Mieter, die unter den Machenschaften der Immobilienspekulanten zu leiden haben. Sie war es, die mich auf das Thema aufmerksam gemacht hat. Und sie hat mir diesen speziellen Fall vermittelt.«

Das klingt plausibel, dachte Angela erleichtert. Wenn das so war, gab es vermutlich keinen Grund für Nathalie, eifersüchtig zu sein. Oder?

Sie erreichten Mestre, bogen von der Schnellstraße E 55 auf die Via della Libertà ab und gelangten auf ihr zu der schnurgeraden, knapp vier Kilometer langen Brücke, die Venedig mit dem Festland verbindet. Sie hatten sie etwa zur Hälfte überquert, als Amadeo plötzlich das Schweigen brach.

»Vermutlich ist das nicht der richtige Zeitpunkt …«, sagte er und grinste schief. Angela schien es, als wollte er seine wahren Gefühle hinter einer Prise Ironie verbergen, was ihm allerdings nicht recht gelang. »Und du bist wohl auch nicht die richtige Person, das zu fragen. Aber in letzter Zeit bin ich ein bisschen ratlos, was Nathalie anbelangt.« Er überlegte kurz, offenbar wusste er nicht, wo er anfangen sollte. »Vorhin hast du gesagt, dass sie es liebt, wie ich meine Arbeit mache. Mir scheint, das Gegenteil ist der Fall. Seit ich mich in diesen Fall eingearbeitet habe, behandelt sie mich wie … wie …« Er suchte nach Worten. »Es scheint ihr jedenfalls überhaupt nicht recht zu sein, was ich da mache.« Er warf Angela einen niedergeschlagenen Blick zu.

»Hast du mal darüber nachgedacht, dass sie vielleicht eifersüchtig sein könnte?«

»Eifersüchtig?« Er sah sie entgeistert an. »Auf meine Arbeit? Das ist doch absurd.«

»Nun, vielleicht nicht auf deine Arbeit, sondern auf die Frauen, mit denen du zu tun hast.« Angela bemühte sich, ihn nicht direkt auf Grazia anzusprechen. »Du bist ein ausgesprochen gut aussehender Mann, Amadeo. Ich als die Frau deines Vaters darf das wohl sagen«, fügte sie mit einem Schmunzeln hinzu. »Das ist nicht immer einfach für …«

»Ach das!«, fiel ihr Amadeo entnervt ins Wort. »Für mein Aussehen kann ich ja wohl nichts, oder? Glaub mir, ich würde liebend gern mit jedem tauschen, der ein Allerweltsgesicht hat. Du hast ja keine Ahnung, wie nervtötend das ist. Weißt du eigentlich, dass jede meiner Beziehungen früher oder später daran gescheitert ist?«

»Woran? An deinem Aussehen?«

»An der Eifersucht. Weil meine Freundinnen es nicht ertragen haben, dass mich ständig fremde Frauen anstarren, so als würden sie überlegen, in welchem Hollywoodfilm sie mich schon mal gesehen haben. Dass sie mich stalken. Mir ihre Telefonnummern zuschieben. Glaub mir, ich weiß, dass es nicht einfach ist, mit jemandem zusammen zu sein, der so viel Aufmerksamkeit auf sich zieht. Ach«, rief er ungehalten aus, »wie ich das hasse! Ich bin nicht interessiert an all dem! Alles, was ich will, ist meine Ruhe. Und ich hab wirklich gehofft, dass Nathalie das cooler nimmt als die anderen. Sie ist ja selbst eine Schönheit, auch nach ihr drehen sich die Männer um. Und jetzt macht sie mir eine Szene nach der anderen, und ich hab keine Ahnung, wieso.«

Angela schwieg verblüfft. Mit einem solchen Ausbruch hatte sie nicht gerechnet. »Ich nehme an«, sagte sie schließlich, »du solltest ihr das selbst sagen. Irgendwie findet sie, dass … ich fürchte, sie denkt, dass Grazia …«

»Grazia?« Zu Angelas Verwunderung fing Amadeo schallend an zu lachen. »Sag bitte nicht, sie sei auf Grazia eifersüchtig!«

»Wieso denn nicht?«

Amadeos Lachen erstarb, und seine Miene wurde finster. »Wenn sie schon auf Grazia eifersüchtig ist«, sagte er leise, wie zu sich selbst, »dann weiß ich nicht, wie das mit uns enden soll.«

Als sie den Wagen in dem Parkhaus hinter dem Bahnhof mit dem schönen Namen Venezia Santa Lucia abgestellt hatten, schlug Angela vor, in einer der Bars auf der Piazzale Roma noch gemeinsam einen schnellen Kaffee zu trinken und etwas zu essen, denn immerhin hatte sie in der Aufregung um Nathalie vollkommen vergessen, sich, wie versprochen, von Fausto belegte Brötchen machen zu lassen. Doch Amadeo lehnte ab.

»Ich muss wirklich los«, sagte er und sah auf sein Smartphone.

»Wo musst du denn hin?«, fragte Angela.

»Zuerst noch rasch ins Büro«, erklärte er und spähte

hinüber zur Anlegestelle der Linienboote, die den Canal Grande entlang in Richtung des historischen Stadtzentrums fuhren. »Entschuldige, Angela, ich glaube, mein Vaporetto legt gleich ab. Wo treffen wir uns wieder?«

»Am besten hier«, schlug Angela vor und wies auf die Bar. »Wie lange, denkst du, wirst du brauchen?«

»Zwei Stunden müssten reichen«, antwortete er und sah auf seine Armbanduhr. »Was hältst du von sechzehn Uhr?«

»In Ordnung.«

»Falls es länger dauern sollte, schicke ich dir eine Nachricht.« Er küsste Angela auf beide Wangen, dann lief er zur Anlegestelle und sprang auf das Linienboot, das eben im Begriff war abzulegen.

3
Die seidenen Schuhe

Angela sah ihm nach, wie er ein Ticket löste und sich, statt Platz zu nehmen, an die Reling stellte, wo ihm der Wind die Haare aus dem Gesicht wehte. Eine junge Frau, vermutlich eine Touristin, stieß ihre Freundin an und machte sie auf ihn aufmerksam. Jetzt sprachen sie ihn tatsächlich an, und Angela konnte an Amadeos Haltung erkennen, wie er in Abwehrstellung ging.

Sie seufzte und wandte sich ab. Er hatte recht. Überall erregte er Aufsehen. Weit mehr als das beunruhigte sie jedoch, was er vorhin gesagt hatte. *Wenn sie schon auf Grazia eifersüchtig ist, dann weiß ich nicht, wie das mit uns enden soll.* Offenbar sah er nicht den geringsten Grund für Eifersucht. Im Gegenteil. Er fand offenbar, dass es Nathalies Verhalten war, das ihrer Beziehung Schaden zufügte.

Ich werde mit ihr reden, nahm sie sich vor. Dann

fasste sie den Griff ihres roten Schalenkoffers, in dem sich die Seidentücher für den Weihnachtsmarkt befanden, und machte sich auf den Weg, um ihre Besorgungen zu erledigen.

Signor Maricellis Spezialwerkstatt im Herzen des Stadtteils Santa Croce konnte Angela bequem zu Fuß erreichen. In einer der verwinkelten Gassen fertigte er eigenhändig Schuhe nach den individuellen Maßen seiner Auftraggeber an. Dafür hatte Nathalie hier vor Wochen Abdrücke von ihren Füßen nehmen lassen. Romina hatte den Seidenstoff geliefert und mit Signor Maricelli das Modell besprochen. Nun war sie gespannt, diesen *Schustermeister mit den magischen Händen*, wie Romina ihn nannte, persönlich kennenzulernen.

Es roch nach Leder, Wachs, Klebstoff und nach vielen anderen herben Aromen, als Angela die Werkstatt betrat. Eine gläserne Vitrine, in der die fertigen Schuhe auf ihre Abholung warteten, zog sofort ihren Blick auf sich. Ganz oben stand ein Paar cremefarbene Pumps. Das mussten Nathalies Brautschuhe sein. Im Licht der Vitrine schimmerten sie, als wären sie aus reinem Perlmutt.

»*Buongiorno*«, hörte Angela eine angenehm tiefe Stimme und grüßte zurück.

Im Kegel einer Arbeitslampe saß der Schuster bei seiner Arbeit und lächelte über den Rand seiner Brille zu ihr auf. »Na, wie laufen die Hochzeitsvorbereitungen?« Er erhob sich und legte die Brille ab.

»Ausgezeichnet«, antwortete Angela. »Wie ich sehe, ist unser Auftrag gar nicht der letzte vor den Feiertagen? Wann werden Sie Ferien machen können?«

»Ach was, Ferien!« Maricelli machte eine wegwerfende Handbewegung. »Dieses hübsche Paar hier muss bis übermorgen fertig werden.« Er wies auf die angefangene Arbeit aus leuchtend rotem Leder. »Und ein anderer Herr möchte ebenfalls gern auf neuen Sohlen ins neue Jahr hinüberwandeln.« Er lachte, und um seine Augen zeigte sich ein Kranz feiner Fältchen.

Wie alt Signor Maricelli sein mochte, wagte Angela nicht zu schätzen. Er wirkte jugendlich und agil, und doch erzählten die Runzeln in seinem Gesicht eine andere Geschichte. »Das heißt, Weihnachten fällt bei Ihnen aus?«

»Oh nein!« Der Schuster lachte. »Selbstverständlich werde ich mit meinen Enkelkindern die Mitternachtsmesse besuchen. Und die Krippe sollten Sie mal sehen, die ich mit ihnen zusammen gebaut habe. Ja, bei uns in Venedig ist die Krippe das Wichtigste. Und jedes Jahr gibt es neue Figuren.« Maricelli strahlte. »Noch ist ja Zeit«, fügte er hinzu und öffnete die Vitrine. »Hier sind sie also. Schade, dass die *principessa* nicht selbst gekommen ist, um ihre Schuhe anzuprobieren.« Er hob die Seidenpumps behutsam heraus und stellte sie auf den Verkaufstisch.

»Ich bin sicher, sie passen wie angegossen«, versicherte ihm Angela und konnte die Augen nicht von dem zauberhaften Paar abwenden.

»Für alle Fälle habe ich die Nähte weich ausgearbeitet, damit sie nicht drücken«, sagte Maricelli, während er jeden Schuh einzeln in Seidenpapier einschlug und dann in einen Schuhkarton legte. »Ihre Tochter soll die ganze Nacht durchtanzen können, ohne auch nur die kleinste Druckstelle zu spüren. Aber bitte beachten Sie: Das Außenmaterial ist reine, handgewobene Seide. Bitte sagen Sie Ihrer Tochter, dass sie sie nicht mit eingecremten Händen anfassen darf, auch nicht mit Make-up an den Fingern. Das gibt nämlich hässliche Flecken …«

»Keine Sorge«, beruhigte Angela den Schustermeister. »Die Seide ist in meiner eigenen Manufaktur hergestellt worden. Wir wissen, wie empfindlich sie ist.«

Ein Lächeln der Erkenntnis glitt über Maricellis Gesicht.

»Ach, dann sind Sie die Besitzerin der *Tessitura di Asenza*? Rominas Arbeitgeberin? Wie schön. Mit Ihnen hat sie ja das große Los gezogen. Immer, wenn sie herkam, um für ihren früheren Arbeitgeber etwas in Auftrag zu geben, hatte sie nichts als Klagen. Und dieser fürchterliche asthmatische Husten! Als ich sie neulich wiedersah, hab ich sie fast nicht erkannt, so gut ging es ihr.«

»Ich bin auch sehr froh, dass sie bei uns ist«, erwiderte Angela aus tiefstem Herzen. »Romina macht unser Modell-Atelier überhaupt erst möglich. Ich entwerfe die meisten Kleider selbst, Romina arbeitet die Skizzen aus und setzt sie um. Es ist ein echter Glücksfall, mit jemandem wie ihr zusammenzuarbeiten, weil sie genau versteht, was ich meine.«

»Dann hat sich ja alles zum Guten gewendet«, sagte Maricelli und nickte zufrieden. »Wann immer Sie zu Ihren Modellkleidern die passenden Schuhe benötigen, wissen Sie ja, wo Sie mich finden.«

Es machte wenig Sinn, zum Canal Grande zu gehen, um von dort ein Vaporetto zu nehmen. Und eigentlich hatte Angela genügend Zeit, um in aller Ruhe durch die weihnachtlich geschmückte Innenstadt von

Venedig zum Campo Santo Stefano zu schlendern, auch wenn sie ihren Rollkoffer immer wieder die Stufen zu den Brückenaufgängen hinauf und hinunter schleppen musste.

Der Duft von Zimt lag in der Luft, Koriander, Sternanis und anderen exotischen Gewürzen und mischte sich mit den köstlichen Aromen von frisch gebackenem *panettone*, dem typischen Kuchen der Saison. Melodiefetzen von Weihnachtsliedern wehten über die Kanäle zu ihr hin, auch das unvermeidliche *I'm dreaming of a white christmas*, ein Traum, der in Venedig nur äußerst selten in Erfüllung geht. Die belebteren Gassen waren mit glitzernden Lichtergirlanden und Leuchtsternen geschmückt, und selbst viele der Gondoliere hatten ihre Barken dekoriert.

Sie erreichte den großen Kanal bei San Tomà und nahm dort eine Gondel, um zum anderen Ufer zu gelangen. Während der kurzen Überfahrt klingelte ihr Handy. Es war Vittorio, der nach Rom gefahren war, um dort seine Mutter für die morgige Hochzeitsfeier abzuholen, und der bei der Gelegenheit auch seinen Onkel Gaetano und seine Tante Donatella mitbringen würde.

»Wo seid ihr?«, erkundigte sich Angela.

»Wir sind erst vor einer Stunde losgefahren«, erklärte Vittorio. »Ich schätze, vor sieben Uhr heute

Abend sind wir nicht in Asenza.« Angela sah auf ihre Armbanduhr. Es war schon halb drei. »Und wie geht es bei euch so? Alles so weit im grünen Bereich?«

»Ja, zu Hause ist alles in Ordnung.« Angela musste an Nathalies verweintes Gesicht denken. Und daran, was Amadeo vorhin gesagt hatte. War denn tatsächlich alles in Ordnung? Aber darüber konnte sie nicht am Telefon sprechen. Womöglich hatte Vittorio das Autotelefon laut gestellt und ihre Schwiegermutter samt Donatella und Gaetano hörten mit. »Im Moment bin ich in Venedig, letzte Besorgungen machen.«

»Ich hoffe, du hast nicht zu viel Stress …«

»Nein, überhaupt nicht«, gab sie zurück. »Ich muss Schluss machen, meine Gondel legt gleich an. *Buon viaggio*!«

»Danke, bis heute Abend«, hörte sie Vittorio noch sagen, dann unterbrach sie die Verbindung, sie hatten die Anlegestelle Sant'Angelo erreicht. Der Gondoliere half ihr beim Aussteigen und reichte ihr den Koffer. Noch bevor sie den Platz neben der berühmten Kirche erreichte, hörte sie Weihnachtsmusik und das Gewirr vieler Stimmen.

Um die Stände unter den hübschen weißen Spitzzelten drängten sich die Menschen. Ein ganzer Schwung von Aromen strömte auf Angela ein, und ihr wurde bewusst, wie hungrig sie war. Doch ehe sie einen der verführerischen Delikatessstände ansteuern würde, wollte sie unbedingt nach Fioretta und Anna sehen. Erfreut stellte sie fest, dass auch der Stand der Seidenvilla von Kauflustigen umlagert war.

Fioretta war gerade im Gespräch mit einer Gruppe von elegant gekleideten Damen, die sich offenbar jeden einzelnen der verbliebenen Schals zeigen ließen, während Anna einem ausländischen Paar zu erklären versuchte, wie Nicola die raffinierten Jacquardmuster webte. Zu ihrer Freude entdeckte Angela auch Luca, Fiorettas erst kürzlich angetrauten Ehemann, der auf der anderen Seite des Standes höflich dafür sorgte, dass ein paar Teenager nicht in der edlen Ware herumwühlten.

»Luca, wie nett, dass Sie auch hier sind«, begrüßte Angela den jungen Mann. »Wie ich sehe, kann man hier jede Hand gebrauchen.«

Luca lachte. »*Ciao*.« Er küsste sie auf beide Wangen. »Wir haben schon Betriebsferien, und da dachte ich, ich greif den beiden ein bisschen unter die Arme.«

»Sie kommen gerade richtig, Signora Angela«, sagte Anna herzlich. »Sehen Sie mal, wir haben fast alles verkauft. Haben Sie uns Nachschub mitgebracht?«

Fioretta packte die Tücher, die die Damen ausgewählt hatten, in die eleganten flachen Schachteln mit dem Logo der Seidenvilla und kassierte, dann wandte sie sich fröhlich zu Angela um. »Das macht richtig Spaß«, verkündete sie mit glänzenden Augen. »Auch wenn ich heute Abend meine Beine nicht mehr spüren werde. Unsere Seide ist hier der Renner!«

Angela sah sich nach den Nachbarständen um. Gegenüber bot ein Silberschmied seine Schätze an, direkt nebenan befand sich der Stand eines Glasbläsers aus Murano.

»Ich glaube, die Leute haben diese Sachen satt«, flüsterte Fioretta, die Angelas Blick gefolgt war. »Muranoglas und Designerschmuck gibt es hier schließlich das ganze Jahr über. Aber unsere Seide ist etwas ganz Besonderes.«

Angela nickte. Vielleicht sollte sie ein kleines Ladengeschäft in Venedig eröffnen? Doch dann dachte sie an die astronomischen Quadratmeterpreise und verabschiedete sich gleich wieder von dem Gedanken.

»Am besten gehen übrigens die kleineren Sachen, die Mariola genäht hat«, berichtete Anna. »Die Clutches, Beutelchen und Handytaschen, vor allem die mit der Glasperlenstickerei.«

»Von denen hab ich alles mitgebracht, was wir noch haben«, sagte Angela und öffnete ihren Koffer.

Schon war der Stand wieder von Neugierigen umringt. »Kümmert ihr euch ruhig um die Kundschaft«, ermutigte sie ihre Mitarbeiterinnen. »Ich fülle solange die Fächer auf.«

Im Nu verging die nächste Stunde. Angela konnte sich davon überzeugen, wie gut Anna und Fioretta ihre Sache machten. Eine Weile half sie mit, dann hörte sie eine Turmuhr halb vier schlagen. Rasch sah sie auf ihrem Handy nach, ob Amadeo eine Nachricht geschickt hatte. Das war nicht der Fall. Also sollte sie sich beeilen.

»Ich muss los«, sagte sie bedauernd und nahm ihren Rollkoffer. »Kommt ihr alleine klar?«

»*Ma certo*«, lautete einstimmig die Antwort. Und Luca fügte hinzu: »Ich bring die beiden nach Asenza zurück mitsamt der übrigen Ware.«

»Danke«, sagte Angela und wünschte allen ein frohes Fest.

Als sie die Piazzale Roma erreichte, dämmerte es bereits. Überall flammte die elektrische Beleuchtung auf. Die Bar, in der sie sich verabredet hatten, war voller Menschen. Amadeo war nicht unter ihnen.

Da sie noch immer nicht dazu gekommen war,

etwas zu essen, bestellte sich Angela eine mit Frischkäse und Oliven gefüllte *foccaccia* und ein alkoholfreies Bier. Sie aß mit großem Appetit und beobachtete währenddessen das rege Treiben auf der Piazzale. Alle paar Minuten legte eines der Linienboote an, Menschen strömten heraus und hinein. Doch von Amadeo war nichts zu sehen.

Als er nach einer weiteren Viertelstunde noch immer nicht da war, beschloss Angela, ihn anzurufen. Eine elektronische Ansage verkündete, sein Anschluss sei momentan nicht erreichbar. Ob er das Handy wegen seines Termins ausgeschaltet hatte? Er wird unterwegs sein, dachte sie und zwang sich, nicht ungeduldig zu werden. Sicher würde er gleich kommen.

Inzwischen war es kurz vor fünf, um diese Zeit hätten sie fast schon zu Hause sein können. Auf die Dauer wurde es ungemütlich in der Bar. Angela bezahlte und trat vor die Tür, um dort auf Amadeo zu warten.

Auf einmal begann es zu regnen, erst sachte, dann immer stärker. Das fehlt gerade noch, dachte Angela und zog sich wieder in den Eingangsbereich der Bar zurück. Zum Glück hatte sie im letzten Moment noch eine leichte Regenjacke in den Koffer gepackt, sie hatte dem Wetter nicht getraut, jetzt zeigte sich, dass das klug gewesen war. Sie zog sie über, obwohl sie unter der Überdachung der Bar relativ im Trockenen stand. In der hereinbrechenden Dunkelheit reflektierten sich die Lichter auf den nassen Flächen, Angela kniff die Augen zusammen, um unter all den Passanten Amadeo zu erkennen. Dann versuchte sie erneut, ihn telefonisch zu erreichen. Vergebens.

Plötzlich stieg Ärger in ihr auf. Was fiel ihm nur ein, sie so lange warten zu lassen, und dann auch noch bei diesem Wetter! Am liebsten wäre sie ohne ihn nach Hause gefahren, schließlich hatte Amadeo gemeinsam mit Nathalie hier in Venedig eine kleine Wohnung. Das kam natürlich nicht infrage. Nicht am Tag vor ihrer Hochzeit. Und überhaupt tat Angela so etwas nun mal nicht.

Untätig herumzustehen war allerdings nicht ihre Sache. Die Kälte kroch ihr unter die Jacke, ihre Schuhe hatten sich in der kurzen Zeit, die sie im Regen gestanden hatte, mit Wasser vollgesogen. Und allmählich wich ihr Ärger einem anderen Gefühl – dem einer unbestimmten Sorge. Ein schrecklicher Gedanke schoss ihr durch den Kopf. Was, wenn Amadeo gar nicht mehr vorhatte zu kommen? Was, wenn er beschlossen hatte, die Notbremse zu ziehen und genau wie die vielen Male zuvor im letzten Moment die Beziehung zu beenden? Vorausgesetzt, das, was Nathalie gesagt hatte, traf zu. War Amadeo im Grunde seines Herzens unfähig, eine feste Bindung einzugehen? Kurzum: Würde er so weit gehen, sie hier einfach stehen zu lassen, ohne Abschied, ohne Nachricht? Würde er – nein, der Gedanke war zu ungeheuerlich, sie konnte ihn jedoch nicht länger beiseiteschieben – würde Amadeo die Hochzeit womöglich platzen lassen?

Nein. Angela rief sich zur Ordnung. Das würde er nicht tun. Warum aber kam er nicht?

Es war inzwischen zwanzig vor sechs. Sie wartete jetzt schon über eineinhalb Stunden. Selbst wenn er sich verspätet hätte, er hatte ihr versprochen, sich zu melden.

»Irgendwas stimmt hier nicht.« Dass sie diesen Satz laut vor sich hingesagt hatte, merkte sie erst, als ein Passant sie irritiert ansah, ehe er rasch weiterging.

Das Läuten ihres Handys ließ sie zusammenfahren. Dann wurden ihre Knie weich vor Erleichterung. Das musste er sein. Mit klammen Fingern zog sie ihr Telefon aus der Tasche und nahm den Anruf an, ohne auf das Display zu sehen.

»Ja?«, rief sie.

»Ich bin's, Fioretta«, hörte sie die Stimme ihrer Assistentin, und so gern Angela die junge Frau hatte, konnte sie gerade jetzt ein Gefühl von Enttäuschung nicht unterdrücken. »Bist du damit einverstanden, dass wir den Stand jetzt schon zusammenpacken? Bei uns geht gerade ein wahrer Wolkenbruch nieder, alle retten sich nach Hause. Ich denke nicht, dass wir heute noch viel verkaufen werden.«

»Natürlich«, antwortete Angela. »Das ist absolut vernünftig.«

»Alles klar. Dann beeilen wir uns, ehe uns alles davonschwimmt. Die Venezianer befürchten übrigens *acqua alta* für die kommende Nacht.«

»Wirklich?« Das berüchtigte venezianische Hochwasser, unter dem regelmäßig Straßen und Plätze versanken, hatte ihr gerade noch gefehlt. »Nun, dann ist es ohnehin das Beste, ihr fahrt so schnell wie möglich nach Hause.«

»Ja, machen wir. Gummistiefel haben wir nämlich keine dabei.« Fioretta lachte fröhlich und verabschiedete sich, Angela blieb jedoch das Lachen im Halse stecken. Wo zum Teufel trieb Amadeo sich herum? Auch sie würde nichts lieber tun, als auf dem schnellsten Weg den Wagen aus dem Parkhaus zu holen und nach Asenza aufzubrechen. Sie musste etwas unternehmen. Vittorio konnte ihr nicht helfen, er war ja noch unterwegs. Was sollte sie nur tun?

Tiziana fiel ihr ein. Wenn jemand in diesem Augenblick Rat wusste, dann vielleicht die temperamentvolle Architektin, die von Kindesbeinen an eine enge Freundin der Familie Fontarini und für Amadeo so etwas wie eine große Schwester war. Zu Angelas Erleichterung meldete sie sich sofort.

»Angela«, rief sie. »Sol und ich wollen gerade aufbrechen. Tut mir leid, dass wir es nicht eher geschafft haben. In einer Stunde sind wir in Asenza, und dann lassen wir die Sektkorken knallen! Du hast im Hotel Duse ein Zimmer für uns reserviert, *vero*? Ach, ich freu mich ja so auf euch alle und …«

»Warte«, unterbrach Angela sie hastig. »Ihr seid also noch in Venedig? Das trifft sich gut, ich hoffe, du kannst mir helfen. Ich steh mir hier an der Piazzale Roma seit zwei Stunden die Beine in den Leib und warte auf Amadeo.«

»Wie bitte? Du bist in Venedig?«

»Ja, und Amadeo ebenfalls.« In wenigen Worten erklärte sie der überraschten Tiziana, weshalb sie alle beide an diesem Tag so unerwartet in die Lagunenstadt kommen mussten. »Wir haben uns hier für vier Uhr verabredet. Aber er kommt einfach nicht.« Angela lauschte, in der Leitung war es sehr still. »Hallo! Bist du noch dran?«, rief sie.

»Ja, ich bin noch dran«, hörte sie Tizianas Stimme. »Ich bin nur … völlig sprachlos. *Dio mio!* Hoffentlich ist ihm nichts zugestoßen! Hat er denn nicht gesagt, wohin er wollte?«

»Nein«, antwortete Angela niedergeschlagen. »Es hat etwas mit einem der Mandanten zu tun, die er momentan vertritt. Irgendwas mit Immobilienspekulation.«

»Warte«, sagte Tiziana. »Da weiß Sol vielleicht besser Bescheid. Manchmal tauscht sich Amadeo mit ihm über seine Fälle aus. Ich schalte mal das Telefon auf Lautsprecher.«

Angela hörte, wie Tiziana rasch auf Solomon einredete, dann meldete er sich.

»*Ciao,* Angela. Du meinst, Amadeo hat heute jemanden getroffen, der etwas mit einem seiner Fälle zu tun hat?«

»Ja, zusammen mit einer gewissen Grazia. Sie ist Sozialarbeiterin und hat ihm den Fall vermittelt, wenn ich es recht verstanden habe. Weißt du etwas darüber?« Eine vage Hoffnung stieg in Angela auf. »Kennst du diese Frau und hast eventuell ihre Telefonnummer oder Adresse?«

»Nein«, antwortete Sol. Er klang besorgt. »Geht er nicht an sein Telefon?«

»Ich fürchte, er hat es ausgeschaltet. Er ist jedenfalls nicht zu erreichen.«

Eine Weile herrschte Schweigen in der Leitung.

»*Ascolta,* Angela«, sagte Solomon Goldstein auf seine ruhige Art. »Du bist an der Piazzale Roma? Warum nimmst du nicht ein Wassertaxi und kommst zu uns? Es hat ja keinen Sinn, dass du dort im Regen rumstehst und dir womöglich noch eine Grippe holst.«

»Wir sind *hier* verabredet«, wandte Angela ein und sah erneut zu den Anlegestellen hinüber. »Was, wenn er doch noch kommt?«

»Dann kann er dich ja immer noch anrufen«, entgegnete Sol.

»Was haltet ihr davon, dass wir uns in Amadeos Büro ein wenig umsehen?«, warf Tiziana ein. »Sol, hast du nicht einen Zweitschlüssel?«

»Das ist eine gute Idee«, meinte Angela. »Vielleicht finden wir dort einen Hinweis, wo er hingegangen ist, und die Kontaktdaten von dieser Grazia.«

»Hmmm«, machte Sol. Offenbar behagte ihm der Gedanke, einfach so in das Büro seines jungen Kollegen einzudringen, ganz und gar nicht.

»Irgendwas müssen wir jedenfalls tun«, sagte Angela niedergeschlagen. »Ich kann hier nicht ewig herumstehen. Ich versteh das nicht … Schließlich will der junge

Mann morgen meine Tochter heiraten.« Falls er überhaupt noch die Absicht dazu hat, fügte sie in Gedanken hinzu.

»Na gut«, gab Sol nach und nannte Angela die Büroadresse. »Hoffen wir, dass er uns deswegen nicht den Kopf abreißen wird. Aber du hast recht. Ich mache mir auch Sorgen. Immerhin sind diese Geschichten, mit denen er sich da gerade befasst, nicht ganz ungefährlich.«

4
Eine geheimnisvolle Adresse

Angela konnte nicht anders. Auf der Fahrt mit dem Wassertaxi musste sie dauernd an das denken, was Sol gesagt hatte. War Amadeo etwa in Schwierigkeiten? Warum nur hatte sie nicht mehr Fragen gestellt, als er ihr von seiner Arbeit erzählt hatte? Sie hatte nicht indiskret wirken wollen. Und jetzt machte sie sich die größten Vorwürfe.

Währenddessen regnete es weiter. Tiziana und Sol erwarteten sie an der Anlegestelle und hatten vorsorglich einen zweiten Schirm mitgebracht.

»Es ist nicht weit«, erklärte Sol, nachdem sie sich begrüßt hatten. »Gleich hier um die Ecke.« Er ging voraus und wich einer großen Pfütze aus. Angela bemerkte, dass auf den Wegen an vielen Stellen bereits Podeste aufgebaut worden waren und Sandsäcke bereitlagen.

»Erwarten wir wirklich *acqua alta?*«, fragte sie, als sie die üblichen Vorkehrungen sah.

»Es scheint so«, antwortete Sol. »Die Stadtverwaltung will offenbar auf alles vorbereitet sein. Bis morgen früh sollen alle niedrig gelegenen Plätze und Passagen gesichert werden, hab ich gehört. Hier sind wir.« Vor einem Hauseingang blieb er stehen. Er zog einen Schlüsselbund aus der Tasche und schloss die Tür auf. »Amadeos Büro liegt unter dem Dach«, sagte er und führte sie zum Aufzug.

Der Raum war rund zwanzig Quadratmeter groß und äußerst schlicht eingerichtet. An den Wänden befanden sich Regale mit juristischer Fachliteratur und Ordnern, einige Fächer waren noch leer. Vor dem einzigen Fenster, das auf einen der kleineren Kanäle hinausging, stand ein einfacher Tisch. Angela spürte Befangenheit in sich aufsteigen, als sie das Büro ihres künftigen Schwiegersohns betrat.

»Wonach suchen wir?«, fragte Tiziana, und Angela begriff, dass sie sich genauso unwohl fühlte wie sie selbst.

Sie ging zum Schreibtisch. Mehrere gerahmte Fotografien zeigten Nathalie, mit und ohne Pietrino. Dass Amadeo den Sohn ihrer Tochter, der einer kurzen Beziehung mit deren ehemaligem Professor entstammte, ganz selbstverständlich wie sein eigenes Kind aufziehen würde, darüber hatte er ihr gegenüber nie ein Wort verloren, so als sei das für ihn ganz normal. Ein Foto berührte Angela besonders, es zeigte alle drei, so als seien sie schon eine Familie. Amadeo trug Pietrino auf seinen Schultern, während Nathalie ihn auf die Wange küsste. Angela kam sich schäbig vor. Wie hatte sie auch nur einen Moment lang in Betracht ziehen können, Amadeo wolle ihre Tochter verlassen?

Sie zwang sich, sachlich zu werden und sich zu konzentrieren. »Er hat mir gesagt, dass er hier noch kurz vorbeischauen wollte, ehe er zu dem Termin ging«, sagte sie. »Vielleicht brauchte er etwas. Eine Information.«

Der Tisch war aufgeräumt, keine Akten lagen darauf, die Stifte steckten ordentlich in einem Halter. Sein Notebook hatte Amadeo bereits mit nach Asenza genommen. Angela wollte sich ratlos zu Sol umwenden, als ihr Blick auf einen kleinen Beistelltisch auf Rollen fiel, der sie an Tess' Teetischchen erinnerte. Er war halb unter den Tisch geschoben worden. Ohne darüber nachzudenken, nahm sie auf dem Drehstuhl Platz und streckte die Hand aus. So konnte sie den Rolltisch bequem zu sich heranziehen. Darauf lag ein Schnellhefter aus dunkelblauer Pappe.

»Seht mal«, sagte sie und griff danach. »Könnte es nicht sein, dass er das hier zuletzt benutzt hat?«

Sol zuckte mit den Schultern. »Möglich«, sagte er. »Genauso gut könnte er einen der Ordner aus dem Regal genommen, ihn aufgeschlagen und wieder zurückgestellt haben.«

Sie schwiegen entmutigt. Von ferne war die Sirene eines Erste-Hilfe-Schnellboots zu hören.

Tiziana horchte auf. »Und wenn ihm etwas passiert ist?«

»Du hast recht«, sagte Sol. »Zunächst sollten wir wohl die Polizei verständigen und in den Krankenhäusern nachfragen.«

»Was hast du vorhin gemeint, als du gesagt hast, dass er sich womöglich auf einen Fall eingelassen haben könnte, der nicht ganz ungefährlich ist?« Diese Frage hatte Angela schon die ganze Zeit auf der Zunge gelegen.

»Ich hätte das vermutlich nicht sagen sollen.« Sol schien sich nicht wohl in seiner Haut zu fühlen.

»Vielleicht finden wir die Antwort hier in diesem Ordner?«

»Das ist reine Spekulation«, warnte er. »Dass diese Akte hier auf dem Rolltischchen lag, heißt noch lange nicht, dass …«

»Es ist nur so ein … Gefühl«, rechtfertigte sich Angela. »Mehr haben wir schließlich nicht, oder?« Entschlossen schlug sie den Schnellhefter auf. Ihr Blick fiel auf eine handgeschriebene Notiz. Eine Adresse. Angelas Herz begann heftiger zu pochen. »Wo ist das?«, fragte sie.

Tiziana zückte ihr Smartphone und gab die Anschrift ein. »Im Stadtteil Cannaregio. Denkst du …« Sie brach ab und sah Angela mit großen Augen an.

»Bevor wir jetzt Detektive spielen, würde ich es für sinnvoller halten, zunächst in Amadeos und Nathalies Wohnung nachzusehen«, schlug Sol vor. »Vielleicht hat er sich irgendwie eingeschlossen. Oder er steckt im Aufzug fest. War davon nicht neulich die Rede?«

»Stimmt«, sagte Tiziana. »In ihrem Haus spielt der Fahrstuhl verrückt. Erst vorige Woche hat mir Nathalie erzählt, dass eine ältere Dame darin stecken geblieben ist. Nathalie hatte große Sorge, dass ihr das einmal mit dem Kleinen passieren könnte. Seither schleppt sie die Einkäufe samt Kind die drei Stockwerke lieber zu Fuß hoch.«

»Dann lasst uns Folgendes tun.« Angela erhob sich, den Zettel mit der Adresse noch immer in der Hand. »Einer von euch sollte dort nachsehen. Ihr habt doch einen Schlüssel zu ihrer Wohnung, oder?«

»Ja!« Tiziana kramte in ihrer Handtasche. »Er ist an meinem Schlüsselbund. Wir können sofort hin.«

»Wärst du inzwischen so lieb und würdest die Polizei verständigen und bei den Ambulanzen anrufen, Sol?«

»Natürlich«, antwortete der Anwalt. »Und was hast du vor?«

»Ich gehe zu dieser Adresse.« Angela hielt den Zettel hoch.

»Was glaubst du, da zu finden?«

»Vielleicht ist er dort.« Als sie Sols zweifelnden Blick sah, fügte sie hinzu: »Eine bessere Idee hab ich nicht. Und wir müssen ja nicht alle drei nachsehen, ob er im Fahrstuhl feststeckt oder …« Sie schluckte kurz, ehe sie weitersprechen konnte. »Oder tatsächlich in einem Krankenhaus liegt.« Sie schüttelte den Kopf. Nein. Sie glaubte nicht, dass Amadeo etwas passiert war. *Noch* nicht. Auf einmal hatte sie das Gefühl, sich beeilen zu müssen. Sie waren bereits im Flur, als ihr noch etwas einfiel. »Warte bitte kurz«, bat sie Sol, der gerade dabei war, die Tür abzuschließen.

Sie ging zurück zu Amadeos Arbeitstisch und nahm das Foto an sich, auf dem außer Nathalie und Pietrino auch er zu sehen war. Sie warf einen kurzen Blick darauf, dann verstaute sie es samt Rahmen in der Innentasche ihrer Regenjacke.

»Hoffentlich finden wir ihn«, sagte Tiziana, als sie sich an der nächsten Brücke verabschiedeten. »Die beste aller Möglichkeiten wäre wohl, er steckt wirklich im Fahrstuhl fest, was?« Sie versuchte ein optimistisches Lachen, was ihr gründlich misslang. Angela spürte deutlich ihre Sorge.

»Sollte dir dort in Cannaregio irgendetwas seltsam vorkommen, dann ruf mich bitte sofort an, ja?« Sol musterte Angela besorgt.

»Natürlich«, antwortete sie und musste wieder an seine Worte denken, daran, dass Amadeos neue Fälle nicht ganz ungefährlich seien. »Wir rufen alle einander sofort an, wenn wir etwas erfahren. Also dann. Bis später!«

Erst nach einer Weile wurde Angela bewusst, dass sie noch immer den roten Schalenkoffer mit Nathalies Brautschuhen darin hinter sich herzog, und kam sich albern vor. Vielleicht hätte sie ihn besser bei Tiziana gelassen, überlegte sie. Jetzt war es zu spät, umzukehren kam nicht infrage.

Es war nun vollständig dunkel geworden. Bei Regen war Venedig noch rätselhafter als sonst. Spiegelten sich bei schönem Wetter schon Fassaden und Lichter in den Kanälen, so sorgten nun auch noch Pfützen und feuchte Oberflächen für Trugbilder. Irritierende Reflexionen verwandelten wohlbekannte Wege in verzauberte Labyrinthe. Die Piazza San Marco und die berühmte Basilika schimmerten in der überbordenden Weihnachtsdekoration und ihrer ohnehin orientalisch anmutenden Pracht wie eine Szenerie aus 1001 Nacht. Der riesige, kegelförmige und reich geschmückte Christbaum wirkte so unwirklich wie die Dekoration eines Filmsets. Doch nur wenige Hundert Meter abseits der Touristenrouten versank die Stadt in dem trüben Halbdunkel einer spärlich erleuchteten Provinzstadt.

An einer Kreuzung mit zwei Brücken, die in unterschiedliche Richtungen führten, blieb Angela stehen und sah sich um. In diesem Teil der Stadt konnte man sich schon bei Tage leicht verlaufen. Jetzt sahen viele der kleineren Brücken und Gässchen, Arkadengänge und winzigen Plätze einander zum Verwechseln ähnlich. Angela wusste aus Erfahrung: Nahm man auch nur eine einzige falsche Abzweigung, war es sehr gut möglich, dass man irgendwo in einer Sackgasse landete, und eine Mauer oder ein Kanal versperrte einem den Weiterweg, sodass man umkehren und sich wieder neu zurechtfinden musste.

Sie seufzte und nahm ihr Handy aus der Tasche, um sich mithilfe ihres Navigationssystems zu orientieren.

»Wo müssen Sie denn hin, Signora?« Die freundliche Stimme gehörte einer mit Taschen beladenen Frau mittleren Alters, die wie aus dem Nichts neben ihr aufgetaucht war. Angela entdeckte in Geschenkpapier verpackte Päckchen in ihren Taschen.

Sie nannte die Adresse, und die Frau schnalzte missbilligend mit der Zunge. »Das ist aber keine gute Gegend, Signora.« Die Frau trat näher und musterte Angela besorgt.

»Ich muss trotzdem dorthin«, entgegnete Angela. »Können Sie mir sagen, in welche Richtung ich muss? Ist diese Brücke hier richtig?«

»Warten Sie«, antwortete die Frau. »Ich rufe meinen Sohn, der soll Sie hinführen. Es ist gar nicht weit. Nur ein bisschen kompliziert, wenn man sich nicht auskennt.«

Die Frau verschwand im Schatten eines Arkadenbogens, und Angela blieb unschlüssig zurück. Verlor sie gerade wertvolle Zeit? Da trat bereits ein junger Mann aus dem Haus.

»*Buonasera,* Signora«, sagte er höflich. »Kann ich bitte die Adresse mal sehen?« Angela hielt ihm den

Zettel hin. Kurz schien er zu überlegen. »*Andiamo*«, sagte er dann, zog seine Kapuze über und ging los.

Der Regen hatte ein wenig nachgelassen. Ihr Begleiter schritt zügig voran und vergewisserte sich nur hin und wieder, ob sie ihm folgte.

»Es muss hier irgendwo sein«, sagte er schließlich und blieb stehen. Drei aufeinanderstoßende Gassen bildeten einen kleinen, triangelförmigen Platz. An einer Seite wurde er durch Wasser begrenzt. »Dort hinten am Kanal. Am besten fragen Sie in dem Laden nach der Hausnummer. Hier kennt ja jeder jeden. *Buon Natale,* Signora.«

Angela konnte dem jungen Mann gerade noch ein *Mille grazie* hinterherrufen, da war er auch schon in die Richtung verschwunden, aus der sie gekommen waren.

Sie sah sich um. Über dem Platz waren Girlanden mit vielen kleinen LED-Leuchten gespannt, die alle zur Mitte bei einem Weihnachtsstern zusammenliefen. Unter ihm stand eine grob zusammengezimmerte Hütte, und als Angela nähertrat, erkannte sie, dass es der Stall von Bethlehem war, mit lebensgroßen Figuren der Weihnachtsgeschichte: das Jesuskind in der Krippe, Maria und Josef, drei Hirten, von denen einer ein Lamm über den Schultern trug, und die Heiligen Drei Könige.

Hinter Angela fuhr knatternd das Metallgitter eines Geschäfts herunter und knallte auf das Pflaster. Wie absurd, dachte Angela beklommen. Es ist Weihnachten. Und ich stehe hier mitten im ältesten Viertel von Venedig auf der Suche nach meinem Schwiegersohn.

Sie straffte sich. Besser, sie beeilte sich, ehe auch der Lebensmittelladen schloss, dessen bläuliche Neonbeleuchtung den halben Platz erhellte. Ein älterer Mann war gerade dabei, die Geldscheine in der Ladenkasse zu zählen, ein jüngerer sortierte Proseccoflaschen aus einem Karton ins Regal. Beide sahen Angela erstaunt an, als sie eintrat.

»Wir schließen gleich«, brummte der Ältere.

»Zwei Minuten haben wir schon noch«, sagte der andere freundlich. »Womit kann ich dienen? Lassen Sie mich raten: Sie sind zu einem Weihnachtsessen eingeladen und brauchen noch ein Mitbringsel. Stimmt's? Wie wär's mit einer guten Flasche Wein? Oder … Prosecco?«

Angela schüttelte den Kopf. »Nein«, sagte sie. »Ich benötige Ihre Hilfe.« Wieder faltete sie den Zettel auseinander und reichte ihn dem Verkäufer. »Können Sie mir sagen, wo genau diese Adresse ist?«

Der junge Mann wischte seine Hände an seiner

weißen Kittelschürze ab und nahm ihn, studierte ihn mit gerunzelter Stirn, dann ging er zur Kasse.

»Papà«, sagte er. »Schau du dir das mal an. Das ist am Kanal. Aber mit den Hausnummern komm ich immer durcheinander.«

Unwillig nahm der Ladenbesitzer das Papier und setzte umständlich eine Brille auf. Angela trat ungeduldig von einem Bein auf das andere.

»Das ist das Haus, in dem Bertoldo Scarpa wohnt«, sagte er schließlich. »Eine Ruine.« Er blickte auf und musterte Angela eingehend. »Was wollen Sie von dem Alten?«

Angela schluckte. Wie sollte sie das nur erklären? »Ich suche meinen Schwiegersohn. Ich … ich nehme an, dass er dort ist, in diesem Haus.«

Nun starrten alle beide sie ungläubig an.

»Ihr Schwiegersohn?« Der Alte blinzelte misstrauisch. »Was will der von Bertoldo? Nein, das glaub ich nicht. Der lässt niemanden ins Haus.«

»Was geht das uns an, Papà!«, warf der Jüngere ein. »Wenn die Signora zu Bertoldo Scarpa möchte, dann zeig ihr doch den Weg. Ich schließ solang den Laden.«

Sein Vater wirkte, als wolle er wütend widersprechen. In diesem Moment trat eine stattliche ältere Dame aus dem Inneren des Geschäfts zu ihnen.

»Schickt Sie der Hausbesitzer?«, fragte sie mit einer wohltönenden Stimme und sah Angela prüfend in die Augen. Angela schätzte sie auf um die sechzig. Ihr Haar sah aus, als käme sie gerade vom Friseur. Natürlich. Es war Weihnachten. In Italien traf man sich an diesem Abend zu einer festlichen Mahlzeit.

»Nein, Signora«, antwortete Angela. »Ganz bestimmt nicht. Ich bin auf der Suche nach meinem Schwiegersohn, von ihm habe ich die Adresse. Ich will nur sichergehen, dass er nicht hier ist.«

Die Frau schien kurz zu überlegen. Dann wandte sie sich an ihren Mann.

»Marco«, sagte sie. »Begleite die Signora. *Per carità*!«

Ohne ein weiteres Wort erhob sich der alte Ladenbesitzer und ging hinaus vor das Geschäft. Angela folgte ihm bis zum Kanal. Dort bog er um die Ecke und verschwand in der Dunkelheit. Angela zögerte kurz, ihm zu folgen. Entweder endete hier die Straßenbeleuchtung, oder die Laternen waren defekt.

»Wo bleiben Sie denn?«, rief er ihr über die Schulter zu.

Langsam gewöhnten sich ihre Augen an das Fehlen der elektrischen Lampen. Von der anderen Seite des schmalen Kanals warfen ein paar Laternen ihr gelblich fahles Licht herüber. Angela nahm all ihren Mut zusammen und folgte dem Ladenbesitzer.

»*Ecco*«, knurrte der und wies auf eine breite Hausfassade, die vor langer Zeit einmal prächtig gewesen sein mochte. Drei mächtige Eisenträger, die an der Kanalmauer verankert waren, stützten sie ab. Seitlich wurde das Haus, so schien es Angela, von den Nachbarhäusern aufrecht gehalten. Trotz der schlechten Beleuchtung erkannte sie, wie unsäglich heruntergekommen es war. Der Putz war fast vollständig abgeblättert und gab den Blick auf das Innenleben der Außenmauern frei.

»Und in diesem großen Haus wohnt nur ein einziger Mann?«, fragte Angela.

»Die anderen hatten mehr Verstand im Kopf«, entgegnete der Ladenbesitzer. »Sie haben das Geld genommen und sich was anderes gesucht, ehe die Bude über ihnen zusammenbricht.«

»Welches Geld denn?«

»Was weiß ich. Vom Hauseigentümer vermutlich.« Er wandte sich zum Gehen. Doch dann machte er eine große Geste, die die gesamte Häuserreihe mit einzuschließen schien. »Sehen Sie sich das bloß mal an. Hier wohnt keiner mehr. Eine Schande ist das. Aber auf eines würde ich wetten: Spätestens, wenn Bertoldo endlich seinen Arsch hier rausbewegt, wird investiert. Und das Viertel wird wieder das, was es einmal war.«

»Signor Scarpa will also nicht weg?«

Der Alte hörte sie schon nicht mehr, er war bereits auf dem Weg nach Hause, bog um die Ecke und verschwand.

Angela sah an der Fassade empor. Bogenförmige Fenster, fast so schön gearbeitet wie bei den berühmten Palazzi am Canal Grande. Vierundzwanzig zählte sie, ein einziges davon war schwach erleuchtet wie von ein paar Kerzen. Sie ging auf das große Portal zu und sah, dass es mit groben Brettern vernagelt war. Jemand hatte mit Sprühfarbe etwas darauf geschrieben, es war allerdings zu dunkel, um es zu entziffern. Etwas huschte an ihren Beinen vorbei. Als Angela sich umwandte, sah sie gerade noch eine beeindruckend große Ratte, die im nächsten Moment im Kanal verschwand.

Angela bekam eine Gänsehaut. Was tat sie hier? Gerade wollte sie Sol anrufen und ihn bitten, herzukommen, als das Handy in ihrer Hand zu klingeln begann. Es war Nathalie.

»Hallo, mein Schatz«, sagte sie mit gedämpfter Stimme und sah sich nach weiteren Nagetieren um.

»Mami«, hörte sie die Stimme ihrer Tochter. »Ist

alles in Ordnung? Du klingst irgendwie komisch. Wo bleibt ihr denn so lange?«

Der Empfang war schlecht. Angela ging zurück zur Piazza und überlegte fieberhaft, was sie antworten sollte. Offenbar hatte sich Amadeo auch bei Nathalie noch nicht gemeldet. Sollte sie ihr erzählen, dass sie keine Ahnung hatte, wo er steckte? Dass sie ihn gerade im finstersten Viertel von Venedig suchte? Nein, auf keinen Fall. Ihre Tochter war ja ohnehin schon völlig durch den Wind. »Ähm, weißt du … das alles braucht viel länger, als ich dachte.« Und das war nicht einmal gelogen.

»Hast du meine Schuhe?«

»Natürlich, Liebes«, antwortete Angela, erleichtert, das Gespräch auf sicheres Terrain führen zu können. »Und weißt du was? Sie sind zauberhaft.«

»Ist Amadeo bei dir? Kann ich ihn mal sprechen?«

»Nein, er … er ist noch unterwegs.« Angela biss sich sogleich auf die Zunge. »Pass auf, mein Schatz«, sprach sie hastig weiter, ehe Nathalie noch mehr Fragen stellen konnte. »Hier in Venedig ist heute der Teufel los. Alle wollen im letzten Moment noch etwas einkaufen. Ich soll dich übrigens von Fioretta und Anna schön grüßen. Sie haben einen tollen Job gemacht und …«

»Ja, ich weiß«, unterbrach Nathalie sie ungeduldig. »Sie sind längst zurück, Fioretta hat mich angerufen. Mami, heute ist Weihnachten! Habt ihr das vergessen? Tizi und Sol sind auch noch nicht da, dabei …«

»Warum fangt ihr nicht einfach ohne uns an?«, schlug Angela vor und sah zurück zu dem Haus. »Genieß diesen letzten Abend vor deiner Hochzeit, mein Schatz. Zu Hause würde man jetzt jede Menge Geschirr zerschlagen.«

Nathalie stöhnte. »Mensch, Mami! Manchmal bist du wirklich altmodisch. Das macht man seit einer Ewigkeit nicht mehr. Heute feiert man Junggesellenabschied.«

»Stimmt! Und soweit ich weiß, feiert man das nicht gemeinsam.« Herrje, dachte Angela. Noch nie im Leben hatte sie sich so dringend gewünscht, ihre Tochter abwimmeln zu können. »Jetzt lass den armen Amadeo am besten einfach mal in Ruhe.«

Nathalie verstummte, und eigentlich, so fand Angela, war das noch mehr Grund zur Besorgnis, als wenn sie sprach.

»Ich … ich soll ihn in Ruhe lassen?«, sagte sie und ihre Stimme klang ganz dünn und angstvoll. »Meinst du damit, er ist mir noch böse? Ich meine, wegen heute Morgen …«

»Ach, mein Schatz«, sagte Angela und zwang sich, unbeschwert zu klingen. »Mach dir deshalb keine Gedanken. Amadeo liebt dich. Obwohl es ein schöner Vorsatz für eure Ehe sein könnte, weniger eifersüchtig zu sein. Dazu hast du wahrlich keinen Grund. Ich muss jetzt Schluss machen, Nathalie«, sagte sie. »Wartet nicht auf uns. Und hör auf, dir Sorgen zu machen, ja?«

»Aber ich …« Jetzt klang Nathalie erst recht alarmiert. »Ich mach mir doch gar keine Sorgen, Mami …«

»Dann ist ja gut. *Ciao,* bis später, Liebes.«

Kurz entschlossen unterbrach Angela die Verbindung. Sie musste jetzt handeln, hier herumzustehen brachte sie nicht weiter. Hastig lief sie zurück in die Gasse. Wenn das Portal vernagelt war, dann musste es einen anderen Eingang geben, immerhin lebte ein alter Mann in diesem Haus. Sie tastete sich an der Fassade entlang und stieß auf eine weitere, kleinere Tür. Als sie die Klinke herunterdrückte, gab sie nach. Drinnen herrschte tiefe Dunkelheit, nur das glucksende Geräusch von Wasser, das gegen Stein schwappte, war entfernt zu hören, ein Geräusch, das einen in Venedig auf Schritt und Tritt begleitete, schließlich war fast die gesamte Stadt ins Wasser der Lagune gebaut. Angela schaltete die Taschenlampenfunktion ihres Handys ein und leuchtete ins Innere. Sie sah feucht verfärbte Steinmauern. Und Stufen, die nach oben, und andere, die nach unten führten.

»Amadeo«, rief sie und erschrak vor dem Klang ihrer eigenen Stimme, die sonderbar hohl widerhallte. Sie horchte. Alles, was sie hören konnte, war ein Geräusch, das sie zunächst nicht einordnen konnte. Ein leises Knirschen, so als würde Sand rieseln, kaum wahrnehmbar.

Sie trat zurück, hinaus ins Freie. Etwas fiel ihr sanft ins Haar. Als sie danach tastete, fühlte es sich tatsächlich an wie Sand. Dann traf sie etwas Größeres, ein kleiner Brocken vom Putz. Erschrocken wich sie zurück bis zum Kanal und sah an der Fassade empor.

Ein Riss hatte sich aufgetan, Angela war sich ganz sicher, dass der gerade eben noch nicht da gewesen war. Dann nahm sie ein Geräusch wahr, so als würde das Haus leise ächzen. Bildete sie sich das ein? Oder sackte das Gebäude wirklich kaum merklich ein wenig mehr in sich zusammen?

Hastig zog sie sich einige Schritte in Richtung des kleinen Platzes zurück und starrte auf die Häuserreihe. Alles blieb ruhig. Sie dachte schon, ihre überreizten Nerven hätten ihr einen Streich gespielt, als sich ein großes Stück der Stuckverzierung an einem der oberen

Fenster löste, herunterfiel und auf dem Pflaster in mehrere Teile zersprang.

O mein Gott, dachte Angela, und ihre Härchen im Nacken stellten sich auf. Dieses Haus konnte jeden Moment in sich zusammenstürzen. Und dabei befand sich ein Mensch darin, ein alter Mann namens Bertoldo Scarpa. Und … vielleicht auch Amadeo? Auf einmal war sie ganz sicher, dass es so war.

Wieder klingelte ihr Handy. Es war Sol. »Er ist weder in seiner Wohnung noch im Fahrstuhl«, sagte er.

»Und was sagt die Polizei?« Auf einmal hoffte Angela inständig, Amadeo sei leicht verletzt in irgendeiner Notaufnahme.

»Fehlanzeige«, antwortete Sol. »Kein Krankenhaus hat in den letzten Stunden einen Amadeo Fontarini aufgenommen. Und keinen Patienten, dessen Identität nicht geklärt werden konnte. Was das anbelangt, können wir also beruhigt sein. Hast du etwas gefunden?«

»Ja«, erwiderte Angela tonlos. Sie war zurück zu der kleinen Piazza gegangen. Der Empfang in der kleinen Gasse war zu schwach. »Ein Haus, das jeden Moment einstürzen kann.«

5
Im Herzen Venedigs

»*Signora,* Sie sind ja immer noch da!«

Zuerst erkannte Angela ihn nicht wieder, doch dann begriff sie, dass der adrette junge Mann in den eleganten Hosen und dem weißen Hemd der Sohn des Ladenbesitzers war. Offenbar hatte er sich für das traditionelle Weihnachtsessen fein gemacht. »Kann ich etwas für Sie tun?«

»Wir müssen die Polizei rufen«, erklärte Angela aufgeregt. »Dieses Haus … es stürzt gleich ein.«

»Sandro!« Ein Fenster über dem Lebensmittelladen hatte sich geöffnet und eine junge Frau lehnte sich vor. »Wo rennst du denn hin? Wir wollen endlich zu Tisch!«

»Ich komm ja schon«, rief er zurück, dann wandte er sich wieder Angela zu. »Diese Häuser stürzen nicht so schnell ein. Ich weiß, sie sehen ziemlich heruntergekommen aus. Aber das sind sie, seit ich ein kleiner Junge war.«

»Da ist eben ein neuer Riss in der Fassade entstanden«, beteuerte Angela noch immer fassungslos. »Und ein Stück von der steinernen Fensterumrandung ist heruntergestürzt.«

»Tatsächlich?«

»Sandro! *Vieni subito*!« Die schrille weibliche Stimme hallte über den gesamten Platz.

»Ihre Frau ist ungehalten«, sagte Angela peinlich berührt. »Und es ist Weihnachten. Vielleicht sollten Sie …«

»Das ist meine Schwester«, sagte Sandro und seufzte. Der Frau am Fenster rief er zu: »Hör auf, hier so rumzuschreien, Chiara!«

»Ich verständige jetzt die Polizei. Und die Feuerwehr. Da drinnen befinden sich Menschen.« Entschlossen wählte Angela die Notfallnummer.

Es brauchte eine Weile, bis sie dem diensthabenden Polizisten erklärt hatte, worum es ging. Sie versuchte, ihn sich auf dem Revier vorzustellen, frustriert, weil er ausgerechnet am Weihnachtsabend auf der Wache sein musste. Endlich hatte er verstanden, was sie sagte, und versprach, sofort jemanden vorbeizuschicken.

Inzwischen hatte Sandro seiner Schwester erzählt, worum es ging, und als die Boote der Polizei und der Feuerwehr zeitgleich eintrafen, wussten alle Anwohner der kleinen Piazza Bescheid. Die besonders Neugierigen hatten sich auf dem Platz vor der Weihnachtskrippe versammelt, andere hatten die Fenster geöffnet und beobachteten das Treiben von dort aus. Jeder wusste andere Details von dem Halsabschneider zu berichten, dem das Haus gehörte, in dem sich Scarpa geradezu verschanzt hatte. In einem waren sich jedoch alle einig, nämlich dass es eine Schande fürs Viertel war, wie sehr in den vergangenen Jahren die Häuserzeile vernachlässigt worden war.

»Um welches Gebäude geht es?«, fragte der Kommandant der Feuerwehr.

»Das mit den Metallstützen«, erwiderte Angela. »Sehen Sie da oben das erleuchtete Fenster? Vermutlich ist mein Schwiegersohn bei dem alten Mann. Und eine Sozialarbeiterin.«

Der Kommandant nickte und sprach in sein Funkgerät. Knarrend kam eine Antwort. »Wir werden sie rausholen«, versuchte er, Angela zu beruhigen. »Bitte ziehen Sie sich zurück, damit Sie die Bergung nicht behindern.«

Die schmale Kanalstraße und ein Teil des Platzes

wurden abgeriegelt. Angela gelang es, sich an der Absperrung einen Platz zu sichern, von wo aus sie die Fassade im Auge behalten konnte.

»Kommen Sie zu uns ins Haus, Signora.« Es war die alte Dame, die vorhin schon im Laden so souverän die Initiative ergriffen hatte, Angela vermutete, dass es Sandros Mutter war. »Hier draußen ist es viel zu ungemütlich.«

»Das ist sehr nett von Ihnen«, erklärte sie. »Aber ich kann nicht. Wissen Sie, mein Schwiegersohn könnte da drin sein.«

»Also, das bezweifle ich.« Sandros Mutter schüttelte den Kopf. »Bertoldo Scarpa lässt nie jemanden in seine Wohnung. Und was Fremde anbelangt, ist er absolut misstrauisch. Ich hab ihn ewig nicht gesehen. Er verlässt das Haus nicht mehr. Er hat Angst, sie würden hinter ihm die Türen absperren, sodass er nicht wieder reinkommt, verstehen Sie? Mein Mann stellt ihm einmal pro Woche eine Tasche mit Lebensmitteln vors Haus. Auch wenn er ein Spinner ist, der alte Bertoldo – das, was da mit den Häusern geschieht, ist nicht richtig.«

»Mein Schwiegersohn ist Anwalt, und soweit ich das verstanden habe, möchte er ihm helfen.« Auf einmal kam Angela eine Idee. Sie holte das gerahmte Foto aus der Innentasche ihrer Regenjacke. »Hier«, sagte sie und zeigte der Ladenbesitzerin das Foto. »Das ist er. Vielleicht haben Sie ihn heute gesehen?«

Sandros Mutter nahm das Bild in die Hand und hielt es in das Licht einer Laterne. »Ich kann es nicht genau erkennen«, sagte sie. »Mir fehlt meine Brille. Wenn es Ihnen recht ist, zeige ich es meinem Mann und meinem Sohn.«

»Ja, das wäre nett«, antwortete Angela, während sie beobachtete, wie die Feuerwehrleute sich mit den Polizisten berieten. Hoffentlich handelten sie bald. Unruhig trat sie von einem Bein auf das andere und zerbiss sich vor Aufregung die Unterlippe. Endlich zogen zwei der Männer Spezialanzüge an und setzten Helme auf. Dann betraten sie das Haus.

»Klar, der war da.« Angela fuhr herum. Das musste Sandros Schwester sein, Chiara, sie erkannte die etwas schrille Stimme wieder. »Aber die Frau war eine andere.« Chiara reichte ihr das Foto zurück und musterte sie neugierig. »Ich hab gesehen, wie sie heute Nachmittag hier über den Platz gegangen sind«, fuhr sie fort. Ihre Augen bekamen einen schwärmerischen Glanz. »Einem solchen Mann muss man einfach nachschauen, so einer begegnet einem nicht alle Tage. Ist Ihr Schwiegersohn vielleicht Schauspieler? Oder Model? Ich meine, ich hätte ihn schon irgendwo gesehen …«

»Er ist Anwalt«, unterbrach Angela die junge Frau. »Soweit ich weiß, vertritt er Bertoldo Scarpa.«

»Bertoldo?« Clara lachte ungläubig auf. »Das kann ich mir nicht vorstellen. Der kann sich garantiert keinen Anwalt leisten.«

Ehe Angela etwas erwidern konnte, wurde ihre Aufmerksamkeit wieder auf das einsturzgefährdete Haus gelenkt. Wüstes Geschrei drang zu ihr, dann sah sie die beiden Feuerwehrmänner herauskommen. Einer trug eine Last über seiner Schulter. Es war ein alter Mann, der sich nach Leibeskräften wehrte.

»*Stronzi*«, schrie er. Und als sein Retter ihn auf den Boden stellte, riss er sich die Wolldecke, in die man ihn gewickelt hatte, von seinem dürren Leib und schleuderte sie zu Boden. »*Va in mona!*«, brüllte er. Er stampfte zornig mit dem Fuß auf und ließ noch eine weitere Kaskade für Angela unverständliche Worte folgen. Dann riss er sich los und wollte sofort wieder zurück ins Haus rennen, doch der zweite Feuerwehrmann hinderte ihn daran.

»Ich sag's ja, ein kompletter Spinner«, hörte Angela die Tochter der Ladenbesitzerin sagen.

»Was schreit er denn so verzweifelt?«

»Dass da noch Leute im Haus wären«, erklärte Sandro.

»Aber genau das sag ich ja«, rief Angela aus. »Das müssen mein Schwiegersohn und die Sozialarbeiterin sein.«

Vergeblich versuchte sie, die Aufmerksamkeit des Kommandanten auf sich zu ziehen, er war viel zu sehr mit seinen Leuten und dem tobenden alten Mann beschäftigt. Kurz entschlossen kletterte Angela über das Trassierband, mit dem der Bereich abgesperrt war, wurde jedoch von einem Polizisten aufgehalten.

»Bitte«, flehte sie. »Ich fürchte, es stimmt, was der Mann sagt. Mein Schwiegersohn und …«

»Nein, ganz sicher nicht«, unterbrach sie der Polizist. »Die Kollegen haben in jedem Stockwerk nachgesehen. Dazu sind sie verpflichtet, Signora. Da ist niemand mehr im Haus.«

Wieder schrie Bertoldo Scarpa etwas, während eine Beamtin ihm erneut die Wolldecke um die Schultern zu legen versuchte. Er wirkte verzweifelt.

»Was sagt er? Bitte, hören Sie mir zu!« Angela packte den Polizisten am Arm. »Mein Schwiegersohn vertritt diesen Mann gegen den Hauseigentümer. Er ist heute …«

»Na gut, kommen Sie mit.« Sichtlich genervt brachte der Polizist Angela zum Kommandanten der

Feuerwehr. »Diese Frau behauptet, ihr Schwiegersohn sei noch in dem Haus.«

»Und eine Sozialarbeiterin«, fügte Angela hinzu. »Ich kann zwar den Dialekt des alten Mannes nicht verstehen, soweit ich weiß, sagt er …«

»Pierluigi«, rief der Kommandant. »Komm doch mal her.« Es war einer der Männer, die Bertoldo Scarpa evakuiert hatten. »Seid Ihr sicher, dass keiner mehr im Haus ist? Diese Frau behauptet, da drin wären noch zwei Menschen.«

»Ausgeschlossen, Signora«, versicherte der Mann. »Wir waren in jeder einzelnen Wohnung und haben überall nachgesehen. Das Haus ist leer.«

Enttäuscht sah Angela sich nach Bertoldo um, den die Beamtin mithilfe eines Kollegen in eines der Boote zu verfrachten versuchte. Er befand sich schon beinahe an Bord, da wandte er sich noch einmal um. Angela war an die Ufermauer getreten, ihre Blicke trafen sich. Sie konnte seine Verwahrlosung erkennen, das struppige Haar, die eisgrauen Stoppeln, die seine Wangen bedeckten. Sein Gesicht verzog sich wie unter Schmerzen. Dann schrie er noch etwas in die Nacht hinaus, zweimal dasselbe, doch Angela konnte ihn nicht verstehen. Schließlich zogen ihn seine Retter unter die Überdachung des Rettungsboots und legten ab.

»Ich verstehe ihn nicht«, murmelte sie verzweifelt.

»Er hat gesagt: Sie sind ganz unten. Ganz unten.« Es war Sandro, der sie offenbar gesucht hatte, um ihr einen Becher mit dampfendem Inhalt anzubieten. Es duftete verführerisch nach Glühwein, Angela lehnte dankend ab.

»Ganz unten«, wiederholte sie. Und auf einmal verstand sie. Ohne sich um Absperrbänder oder sonstige Hindernisse zu kümmern, rannte sie los.

Vielleicht waren die Beamten durch den Abtransport des störrischen alten Mannes abgelenkt – niemand hinderte sie daran, die unscheinbare Eingangstür aufzureißen und die Treppe hinunterzurennen. Die Taschenlampenfunktion ihres Handys erhellte ihren Weg notdürftig, und Angela hoffte inständig, dass sie der Akku nicht im Stich lassen würde.

Unvermittelt endeten die Stufen vor einer schweren Metalltür. Angela versuchte sie zu öffnen, doch es gelang ihr nicht. Verzweifelt rüttelte sie an der Klinke. War die Tür etwa abgeschlossen? Fieberhaft dachte Angela nach. Falls Amadeo und Grazia tatsächlich dort unten waren, warum sollten sie sich dann eingeschlossen haben? Mit aller Kraft stemmte sie sich gegen die

Eisentür – und plötzlich gab diese nach, offenbar hatte sie nur geklemmt, und nun hatte Angela Mühe, sich wieder zu fangen. Krampfhaft das Handy in der einen Hand haltend, um es ja nicht zu verlieren, taumelte sie die nächsten Stufen hinunter und wäre um ein Haar gestürzt. Im letzten Moment bekam sie ein eisernes Geländer zu fassen. Unter ihr war nur gähnende Finsternis.

Auf einmal vernahm sie etwas, das sich wie das Rauschen von Wind in den Blättern eines Baumes anhörte, dazu ein feines Fiepen. Sie konnte sich gerade noch gegen die feuchte Mauer drücken, als sie im Schein des Handys eine ganze Schar von Ratten sah, die an ihr vorbeistürmte und durch die offene Tür nach oben floh. Angela schnappte erschrocken nach Luft, dann zwang sie sich, ruhig weiter zu atmen. Es sind nur Tiere, weiter nichts, sagte sie sich. Und dennoch. Wenn schon die Ratten in solcher Eile das Weite suchten – was würde sie dort unten erwarten? Sie lauschte dem unheimlichen Sprudeln und Gurgeln nach. War es das Blut in ihren Ohren?

Sie machte sich an den weiteren Abstieg und stieß auf der Treppe mit der Schuhspitze gegen etwas. Was auch immer es war, es kullerte abwärts von Stufe zu Stufe und machte dann ein Geräusch, als fiele es in einen tiefen Brunnen. Das Rauschen war nun allgegenwärtig.

»Amadeo!«, rief sie, so laut sie konnte. »Bist du hier irgendwo?« Sie erschrak vor dem Widerhall ihrer eigenen Stimme. Oder hatte ihr tatsächlich jemand geantwortet? »Amadeo?«

»Wir sind hier!«

Angela blieb beinahe das Herz stehen. Sie leuchtete mit ihrem Handy ins Dunkle. Nur wenige Meter unter ihr wurde der Lichtschein wie durch einen schwarzen Spiegel reflektiert, den Wellen und Strudel kräuselten. Der gesamte Keller stand unter Wasser. Und wie es aussah, lief er immer weiter voll. Durch ein klaffendes Loch in einer Wand drang es ein und bildete Strudel. Wo war Amadeo?

»Ich kann dich nicht sehen!«, rief sie und ließ den Kegel ihrer Lampe an den dicht an dicht stehenden uralten Stützen aus Baumstämmen entlanggleiten, die hier wie überall in Venedig die Struktur des Hauses stützten. Da entdeckte sie am anderen Ende des alten Gewölbes auf einem eisernen Querträger zwei zusammengekauerte Gestalten. Es waren Amadeo und eine Frau, die Angela nicht kannte. Das musste Grazia sein.

»Wir sind vom Ausgang abgeschnitten«, rief Amadeo zu ihr herüber. »Das Fundament ist aufgerissen, während wir hier Beweisfotos gemacht haben. Seither dringt Wasser ein. Ich hab versucht, es zu durchqueren, aber der Sog ist zu stark. Hier unten ist kein Handyempfang. Du musst Hilfe holen, Angela. Und zwar schnell.«

»Bist du … seid ihr okay?«

»Grazia hat sich den Fuß verletzt«, antwortete Amadeo. »Mit mir ist alles in Ordnung.« Dennoch klang er verzweifelt.

»Die Feuerwehr ist vor Ort«, versuchte Angela die beiden zu beruhigen. »Wir holen euch da raus.«

Sie wandte sich um und nahm zwei Stufen auf einmal, als sie plötzlich innehielt und sich krampfhaft an dem Geländer festhielt. Bildete sie sich das ein, oder sackte das gesamte Gebäude gerade ab? Ihr wurde schwindelig. Als sie noch oben schaute, sah sie, wie sich die Metalltür ganz langsam in den Angeln bewegte, gleich würde sie zuschlagen. Angela rannte wie um ihr Leben und erwischte sie gerade noch, ehe sie ins Schloss fiel. Keuchend stemmte sie sich gegen das schwere Gewicht. Die Tür musste unter allen Umständen offen bleiben, schließlich hatte sie sie vorhin schon fast nicht aufbekommen. Was, wenn sie sich so verzog, dass sie nicht mehr zu öffnen war?

Sie leuchtete die Treppe ab und fand nahe der Wand ein Stück Metallrohr, nahm es und klemmte es zwischen Tür und Rahmen. Dann hastete sie weiter hinauf. Wieder hatte sie das Gefühl, der Boden würde sich unter ihren Schritten leicht bewegen. Sand rieselte von der Decke. Im tanzenden Licht des Handys glaubte sie, einen Riss zu erkennen, der die seitliche Mauer durchzog. Hatte sie den vorhin übersehen? Oder war er gerade erst entstanden?

Endlich war sie oben. Gierig sogen ihre Lungen die feuchtkalte Luft im Freien ein. Sie sah sich um. Eines der Polizeiboote legte gerade ab. Ein Feuerwehrmann entfernte das Absperrband. Sie ziehen sich bereits zurück, fuhr es ihr durch den Kopf. »Hilfe!«, schrie sie und lief, so schnell sie konnte, zur Piazza.

»Ich brauche Hilfe! Da unten sind zwei Menschen eingeschlossen«, keuchte sie, als sie den Mann erreichte. »Unten im Keller. Der läuft gerade mit Wasser voll. Sie müssen sofort …«

»Die Kollegen haben das Haus abgesucht.« Der Mann glaubte ihr nicht.

»Ja, aber nur die oberen Stockwerke!« Angela packte ihn am Arm. »Bitte! Ich war gerade selbst da unten! Mein Schwiegersohn und seine Bekannte sind noch im Keller! Es geht um zwei Menschenleben«, schrie sie ihn an. »Wenn Sie nichts unternehmen, werden Sie das furchtbar bereuen!«

Sie fühlte eine Hand auf ihrer Schulter und fuhr herum. Es war Sol.

»Beruhige dich, Angela«, sagte er.

»Wie soll ich mich beruhigen, wenn Amadeo und Grazia da unten feststecken?« Ihre Stimme überschlug sich. »Sie können nicht raus, verdammt noch mal! Und das Haus sackt in sich zusammen.« Inzwischen war der Kommandant der Feuerwehr zu ihnen gekommen. »Bitte«, wandte sie sich an ihn, »so helfen Sie mir doch!«

»Sie waren selbst in dem Gebäude?«, fragte er skeptisch.

»Unten im Keller, ja«, antwortete Angela atemlos. »Das Fundament ist aufgerissen und Wasser dringt ein. Zwei Personen ist der Weg nach oben abgeschnitten. Sie werden ertrinken, wenn Sie nichts tun.«

Der Kommandant rief ein paar Kollegen zu sich, die sich bereits abfahrbereit im Boot befanden. »*Va bene.* Wir gehen da runter. Ich hoffe bloß, dass das kein falscher Alarm ist, Signora. Denn dann müssen wir Ihnen diesen Einsatz in Rechnung stellen.«

»Das Risiko gehen wir ein«, entgegnete Sol souverän an Angelas Stelle.

»Beeilen Sie sich«, fügte Angela hinzu. »Beeilen Sie sich um Himmels willen!«

Während die Feuerwehrleute Seile und ein aufblasbares Rettungsfloß aus einem der Boote holten, stieß auch Tiziana zu ihnen.

»Du hattest also recht«, sagte sie, nachdem die Männer endlich im Haus verschwunden waren, und legte einen Arm um Angelas Schultern. »Mein Gott, du zitterst ja!«

Angela ließ die Tür nicht aus den Augen. Von ferne wehte ein Weihnachtslied herüber, die italienische Version von *Stille Nacht, heilige Nacht.*

»Nathalie hat angerufen«, erzählte Tiziana.

»Ja, bei mir auch«, stöhnte Angela. Zweimal hatte sie den Anruf ihrer Tochter weggedrückt. Sie war nicht mehr in der Lage, irgendwelche beruhigenden Ausreden zu erfinden. Was hätte sie ihrer Tochter sagen sollen? Dein Bräutigam sitzt im Keller eines einstürzenden Hauses fest. Entweder er ertrinkt gleich, oder er wird unter einem vierstöckigen Palazzo begraben? »Warum brauchen die denn so lange?«

Am liebsten wäre Angela selbst mit hinuntergegangen, sie hatte jedoch eingesehen, dass sie keine Hilfe gewesen wäre. Außerdem war sie am Ende ihrer Kräfte.

Zum Glück, dachte sie, sind wenigstens die Schaulustigen in ihre Häuser zurückgekehrt, wo sie während ihres Festessens auch so schon ausreichend

Gesprächsstoff haben dürften. Dann wurde ihr bewusst, dass sie ungerecht war. Sandro und seine Familie hatten ihr schließlich geholfen, Amadeo zu finden.

Wieder hörte sie das inzwischen vertraute Geräusch, mit dem das alte Gebäude sich gegen den Zerfall, dem es seit so vielen Jahren ausgesetzt war, zu wehren schien: ein Knirschen und Ächzen. Nein, beschwor Angela es stumm. Du musst noch durchhalten. Du darfst noch nicht einstürzen. Nach all den Jahrhunderten musst du damit noch ein bisschen warten.

Endlich, nach einer gefühlten Ewigkeit, wurde die Tür aufgestoßen. Angela erkannte die Männer der Rettungsmannschaft. Wo waren Amadeo und Grazia? Einen fürchterlichen Augenblick lang glaubte sie, die Feuerwehrmänner wären ohne die beiden zurückgekehrt.

»Da ist er«, hörte sie Sol ausrufen.

Und dann sah sie Amadeo. Wie in Zeitlupe nahm sie wahr, wie die schlanke Gestalt ihres künftigen Schwiegersohns aus der Tür taumelte, sich umwandte und der jungen Frau die Hand reichte, die von einem der Helfer gestützt wurde. Einen kurzen Moment lang wurde es Angela vor Erleichterung schwarz vor Augen.

»Was ist mit dir?« Jemand schüttelte sie sanft, es war Tiziana. »Geht es dir gut?«

»Ja«, antwortete sie und rieb sich die Schläfen. »Ganz ausgezeichnet.«

Einen Augenblick später sah sie Amadeos Gesicht ganz nah vor ihrem. Es war verschmiert und über einer Augenbraue hatte er einen feinen, blutigen Kratzer. Die Haare klebten ihm am Kopf, seine Kleidung war schmutzig und durchnässt.

»Angela! Woher hast du gewusst, wo wir sind?« Er wartete ihre Antwort nicht ab, sondern nahm sie in seine Arme und drückte sie so fest, bis sie kaum noch Luft bekam. »O mein Gott, du hast uns das Leben gerettet!«

Angela war nicht in der Lage, etwas zu sagen. Sie blinzelte. Vor lauter Erleichterung kamen ihr die Tränen.

»Nein! Ich leg mich da nicht drauf!« Angelas Blick wanderte zu der Sozialarbeiterin, die sich mit schmerzverzerrtem Gesicht wehrte, sich auf eine Trage zu legen. Ihr dunkles Haar trug sie zu einem Bubikopf geschnitten. Ihre Gestalt war athletisch wie der einer Langstreckenläuferin. »So schlimm ist es gar nicht.«

»Darf ich dir Grazia vorstellen?« Amadeo grinste. »Wie sie leibt und lebt.«

»Hast du die Bilder?« Grazia war zu ihnen gehumpelt und stützte sich auf Amadeo. Sie wirkte, als hinge ihr Leben von seiner Antwort ab. Er hatte sein Handy aus der Tasche gezogen und tippte darauf herum.

»Hier«, sagte er und zeigte Angela ein Foto.

»Was ist das?«, fragte sie verwirrt. »Ich kann gar nichts erkennen.«

»Das sind die Beweisfotos«, erklärte Amadeo und reichte Grazia das Handy.

Mit gerunzelter Stirn scrollte sie durch die Aufnahmen und atmete schließlich erleichtert auf. »Großartig! Jetzt kriegen wir ihn dran, den Halunken. Er hat das Haus absichtlich sabotiert. Wo ist eigentlich Bertoldo?«

»Sie haben ihn evakuiert«, antwortete Angela. »Ich bin übrigens Nathalies Mutter.«

»Ich weiß. Bitte entschuldigen Sie, ich bin furchtbar … unhöflich.« Das Lächeln, das auf Grazias zerschrammtem Gesicht erschien, war weich und voller Dankbarkeit. »Wenn Nathalie nur halb so großartig ist wie Sie, dann hat Amadeo unfassbares Glück.« Ehe es sich Angela versah, schloss nun auch Grazia sie in ihre Arme. Verwundert vernahm sie, wie die junge Frau kurz aufschluchzte. »Meine Güte, das war knapp«, sagte sie leise und ließ Angela wieder los. »Wenn Sie nicht gekommen wären … Ich weiß gar nicht, wie ich Ihnen danken soll.«

Plötzlich entstand Bewegung unter dem Rettungsteam.

»Verlassen Sie sofort das Ufer«, schrie einer der Feuerwehrmänner und drängte sie energisch in Richtung des Platzes.

Während sie zurückwichen, sah Angela ungläubig, wie sich die Fassade des Palazzos immer weiter nach vorn neigte, das Ächzen und Knirschen wurde lauter, ihr war, als würde ein Wesen aufstöhnen. Einen Moment lang hatte sie den Eindruck, als wolle sich das alte Gebäude aufbäumen. Die Eingangstür sprang auf, und eine regelrechte Wasserfontäne schoss über die Gasse und ergoss sich in den Kanal. Zuerst stürzte ein Teil des Giebels herunter, dann folgte ein Dachgesims. Schließlich sah es so aus, als ginge das gesamte Haus ganz langsam in die Knie, es gab mehr und mehr der Kraft nach, die an seinen Fundamenten zerrte, und sank in einer Wolke aus Schutt und Staub in sich zusammen.

6
Die Weihnachtskrippe

Angela fühlte, wie jemand den Arm um sie legte, und fuhr herum.

»Vittorio«, flüsterte sie und lehnte sich erschöpft an ihn. »Wie kommst du denn hierher?«

»Tizi hat mir Bescheid gesagt«, antwortete er. »Und sobald ich meine Mutter und die anderen im Hotel Duse abgeliefert hatte, bin ich hergekommen. Ist alles in Ordnung mit dir? Wo ist Amadeo?«

»Es ist alles gut«, sagte sie. »Er ist da drüben beim Boot der Sanitäter. Grazia hat sich am Fuß verletzt und soll ins Krankenhaus gebracht werden. Aber deinem Sohn ist nichts passiert.«

Ein Teil des Palazzos war in den Kanal gestürzt und hatte dort eine Flutwelle ausgelöst, die die Rettungsboote zum Tanzen brachte. Jede Hand wurde gebraucht, um zu verhindern, dass sie gegen die

Kanalmauer geschleudert wurden, auch Amadeo, Sol und sogar Tiziana halfen dabei mit.

»Was um alles in der Welt ist denn passiert?«

Die Welle schwappte über den Platz und erreichte beinahe die Weihnachtskrippe in der Mitte der Piazzetta.

»Ach«, sagte Angela, während sie sich eilig in Sicherheit brachten. »Das ist eine lange Geschichte.« Dann wies sie auf die Staubwolke über dem Berg aus Trümmern. »Ich kann es immer noch nicht glauben, dass wir gerade noch da drin waren.«

»*Was* wart ihr?« Vittorio fasste erschrocken nach ihrer Hand.

»Lass uns nach Hause fahren«, bat Angela, die sich auf einmal unsäglich müde fühlte. Sie hatte das Gefühl, dass ihr jederzeit die Knie wegsacken könnten. In diesem Moment startete das Sanitätsboot mit aufheulendem Motor. Ihm folgte das Boot der Feuerwehr. Stille legte sich über den kleinen Platz.

»Das wäre geschafft«, sagte Sol und klopfte Amadeo auf die Schulter.

»Vittorio«, rief Tiziana plötzlich und lief auf sie zu. »Sieh nur«, rief sie über die Schulter Amadeo zu. »Dein Vater ist da.«

Einen Augenblick lang befürchtete Angela, Vittorio

würde seinem Sohn eine Szene machen, so vorwurfsvoll starrte er ihm entgegen. Doch dann schloss er Amadeo heftig in seine Arme, dass der junge Mann beinahe das Gleichgewicht verlor.

»Lass uns von hier verschwinden«, schlug Sol vor, der seinen Anzug begutachtete, der ganz nass geworden war. »Nicht weit von hier können wir ein Wassertaxi nehmen. Vermutlich wollt ihr euch ein bisschen frisch machen, ehe ihr nach Asenza aufbrecht? Ich hätte nichts dagegen.«

»Ich weiß nicht«, sagte Angela unschlüssig. »Wie spät ist es? Nathalie wartet schon so lange.«

»Ich hab mit ihr telefoniert«, erklärte Tiziana sanft. »Sie weiß Bescheid und hat sicher nichts dagegen einzuwenden. Amadeo ist ja ganz durchnässt. Du siehst nicht viel besser aus. Was habt ihr da unten eigentlich gemacht? Seid ihr ein bisschen geschwommen?«

»Ja, mit den Ratten«, entgegnete Amadeo mit einem gequälten Lachen. »Du hast recht, Tizi. Ich würde mich gern kurz unter die Dusche stellen, ehe ich meiner Braut unter die Augen trete.«

Gemeinsam machten sie sich auf den Weg zu der Anlegestelle, wo tatsächlich ein Wassertaxi bereitstand. Sie hatten gerade darin Platz genommen, als Angela einen leisen Schrei ausstieß.

»Augenblick«, rief sie. »Warten Sie!«

»Was ist denn?«, fragte Vittorio erschrocken.

»Die Schuhe«, stieß Angela verzweifelt aus. »Ich hab Nathalies Brautschuhe verloren.«

Sie sprang von ihrem Sitz auf, sodass das Boot gefährlich ins Schaukeln geriet.

»*Signora, per favore*«, rief der Fahrer entrüstet aus. »Setzen Sie sich bitte sofort wieder hin.«

»Nein, ich muss noch mal zurück«, entgegnete Angela entschlossen und machte Anstalten, über Vittorios Beine hinwegzusteigen, sodass er sich ebenfalls erhob.

»Was ist los?«, wollte Sol wissen. »Worum geht es? Um Schuhe?«

»*Ascolta,* Angela«, warf Amadeo ein. »Soviel ich weiß, hat Nathalie zwei Dutzend Paar Schuhe, wenn das nur reicht. Sie wird ganz bestimmt …«

»Nein, Amadeo, das verstehst du nicht«, fiel ihm Tiziana ins Wort, die nun ebenfalls aufsprang. »Hier geht es um die Ausstattung einer Braut, da gibt es keine Kompromisse. Angela, ich komme mit dir.«

Inzwischen waren Angela und Vittorio wieder ans Ufer geklettert.

»Lasst es uns bitte folgendermaßen machen.« Auf einmal war Angela wieder hellwach. »Seid so nett und bringt Amadeo nach Hause, damit er sich umziehen kann. Vittorio und ich …« Sie warf einen kurzen, unschlüssigen Blick zurück auf die dunklen Gassen, durch die sie gerade erst gekommen waren. »Wir erledigen das und fahren dann direkt nach Asenza.«

»Mit oder ohne Schuhe«, ergänzte Vittorio lächelnd.

Angela schüttelte den Kopf. »*Mit* den Schuhen«, erklärte sie mit Bestimmtheit, winkte den anderen zu und zog Vittorio am Arm mit sich.

Von dieser kleinen Piazza würde Angela vermutlich noch lange schlecht träumen. Alles war ruhig, und das Letzte, was sie wollte, war, diese Ruhe schon wieder zu stören. Den ganzen Weg lang hatte sie fieberhaft darüber nachgedacht, wann sie den roten Schalenkoffer das letzte Mal bei sich gehabt hatte. Im ersten Moment hatte sie befürchtet, er sei unter den Trümmern des Hauses begraben worden. Nein, versuchte sie sich selbst zu beruhigen. Sie hatte ihn ganz sicher nicht mitgenommen, als sie in das Untergeschoss des Palazzos eingedrungen war. Mit der einen Hand hatte sie das Handy wie eine Taschenlampe gehalten, die andere war frei gewesen …

»Kannst du dich noch daran erinnern, wann du ihn zuletzt hattest?«, fragte Vittorio, während sie sich auf dem Platz umsahen.

»Er muss hier irgendwo sein«, flüsterte sie.

Aber nirgends war ein Koffer zu sehen. Natürlich nicht. Jede Menge Leute waren hier gewesen. Wie konnte sie nur so naiv sein, anzunehmen, keiner von all den Menschen wäre der Versuchung erlegen, einen herrenlosen Koffer mitzunehmen?

Und doch wollte sie es nicht glauben. Hilflos und ein wenig störrisch umrundete sie den Platz und sah in jedem Hauseingang nach, in jedem Winkel, sogar unter den beiden Steinbänken vor dem Lebensmittelladen. Sie wusste, wie sinnlos das war, die Piazza war so klein, dass man sie leicht überblicken konnte. Niedergeschlagen folgte Angela Vittorio bis zum Kanal und bog in die Gasse ein, in der das Unglück geschehen war. Bis zur Absperrung, die die Feuerwehr errichtet hatte, leuchtete sie jeden Quadratzentimeter ab.

»Vermutlich ist er irgendwo da drunter«, sagte sie schließlich tonlos und wies auf die Trümmer.

»Angela, Liebes, es sind nur Schuhe«, versuchte Vittorio, sie zu trösten. »Nathalie wird das überleben. Übrigens habe ich noch niemals bei einer Hochzeit auf die Schuhe der Braut geachtet, und ich bin sicher, morgen wird keiner irgendetwas bemerken.«

Angela seufzte. »Sie wird ein halblanges Kleid

tragen«, murmelte sie. »Die Schuhe waren definitiv ein Teil des Ensembles.«

»Du bringst Nathalie ihren Bräutigam heil zurück«, sagte Vittorio ernst. »Das ist wichtiger als Schuhe!«

»Du hast recht.« Angela atmete tief aus. Es half ja nichts. »Lass uns nach Hause fahren.« Sie warf dem Trümmerberg einen letzten Blick zu und wandte sich zum Gehen.

»Eine hübsche Krippe haben die hier«, meinte Vittorio, als sie die Piazza überquerten, und wies auf die Figurengruppe.

Angela nickte gleichgültig. Das Letzte, was sie in diesem Moment interessierte, war eine Weihnachtskrippe.

»Moment mal«, hörte sie Vittorio sagen. Und dann sah auch sie es. Etwas stimmte nicht in dem Bild. »Seit wann haben die Heiligen Drei Könige einen Koffer bei sich?«

Angela stieß einen leisen Schrei aus. Da stand er, zwischen Caspar und Melchior, ihr roter Schalenkoffer. Sie stürzte auf ihn zu und zog ihn vorsichtig aus dem Arrangement, um die Figuren nicht umzuwerfen. Mit zitternden Fingern öffnete sie ihn. Da waren sie, Nathalies Schuhe, in dem Schuhkarton, in den Signor Maricelli sie gelegt hatte.

»*Accidenti!*«, sagte Vittorio und schüttelte verwundert den Kopf. »Wenn das mal kein Weihnachtswunder ist!«

»Das zweite«, fügte Angela hinzu und schloss den Koffer wieder. »Das ist mindestens das zweite heute.« Sie warf einen dankbaren Blick hinauf zu den Fenstern von Sandros und Chiaras Familie. Wenn sie nicht alles täuschte, hatte diese bei diesem Wunder ihre Hände im Spiel gehabt.

Als sie zu Hause ankamen, fanden sie die Villa Duse hell erleuchtet. Nach dem Tod von Angelas Vater Lorenzo hatten sie das Anwesen grundlegend renoviert, nun bot es nicht nur Angela und Vittorio ein Zuhause, auch Nathalie hatte darin mit ihrem kleinen Sohn eine eigene Wohnung.

Unten in dem großzügigen Foyer stand ein Weihnachtsbaum, den Nathalie gemeinsam mit Pietrino wohl an diesem Nachmittag geschmückt hatte. Auf der Treppe kam sie ihnen nun entgegen. Sie trug ihren liebsten Flanellschlafanzug und darüber einen seidenen Morgenmantel, ein Prachtstück aus der Seidenvilla.

»Da seid ihr ja endlich. Wo ist Amadeo?« Nathalies Stimme zitterte, von ihrer sonstigen Forschheit fehlte jede Spur.

»Ist er noch nicht da? Tiziana und Sol sind mit ihm noch mal zu eurer Wohnung gefahren, damit er sich … nun ja, er musste sich umziehen.«

In ihren flauschigen Lieblingspantoffeln lief Nathalie Angela entgegen und fiel ihr um den Hals. »Ich bin überhaupt nicht schlau aus dem geworden, was Tizi mir da am Telefon gesagt hat. Du hast Amadeo das Leben gerettet? Was um Himmels willen ist passiert?« Dann musterte sie ihre Mutter genauer. »Mein Gott, wie siehst du denn aus?«

»Nun lass sie doch erst einmal hereinkommen.« Tess stand auf dem oberen Treppenabsatz und sah besorgt zu ihnen herunter.

Angela warf einen Blick in den großen Garderobenspiegel und erschrak. Hose und Jacke waren schlammbespritzt. Und als sie sich durchs Haar fuhr, rieselte noch immer Sand und Staub auf das Marmormosaik am Boden.

»Ich muss eindeutig unter die Dusche«, erklärte sie mit einem Seufzen. »Danach stehe ich euch Rede und Antwort.«

Wie gut das tat! Unter dem heißen Wasserstrahl löste sich ihre Anspannung und machte einem tiefen Gefühl der Erleichterung Platz. Was für ein Tag! Dabei hatte sie im Grunde nur Nathalies Seidenschuhe abholen wollen. Wenn sie die Augen schloss, sah sie wieder diese Bilder vor sich: die Ratten, die an ihr vorbei nach oben flohen. Das tanzende Licht ihrer Handylampe auf der schwarzen Wasseroberfläche im Keller. Und wie in Zeitlupe immer wieder das Einstürzen des Palazzos …

»Ist alles in Ordnung mit dir?« Vittorio reichte ihr das Handtuch. Sie nickte und trocknete sich ab. »Sie sind eben angekommen«, fuhr er fort. »Ich hoffe, Nathalie macht dem armen Amadeo nicht auch noch eine Szene.«

»Das wird sie nicht«, versuchte Angela, ihn zu beruhigen, und war sich doch selbst nicht sicher.

Sie kämmte ihr Haar und schlüpfte in ihren bequemsten Hausanzug. Am nächsten Vormittag würde ohnehin Edda, die Friseurin des Städtchens, kommen und sie alle frisieren. Deshalb schlang sie lediglich ein Handtuch zu einem Turban um ihre feuchten Haare und folgte Vittorio in den großen Salon im ersten Stock des Hauses.

Auch hier schimmerte ein Weihnachtsbaum in seiner ganzen Pracht. Darunter lagen in hübsches Papier verpackt die Geschenke, so wie es in Deutschland üblich war. Im Kamin prasselte ein Feuer, und es duftete nach Lebkuchen, offenbar hatte Matilde tatsächlich nach Tess' altem Rezept gebacken.

Amadeo saß auf einem der Sofas, einen Arm um Nathalie gelegt. Tiziana und Sol hatten es sich auf den beiden Sesseln nahe dem Feuer bequem gemacht. Angela und Vittorio nahmen auf dem anderen Sofa Platz, während Tess den alten Ohrensessel, der einst Lorenzo Rivalecca gehört hatte, in Beschlag genommen hatte. Matilde verteilte gerade Becher mit dampfendem *vinbruè,* dem typischen Glühwein der Region, Angela nahm dankend einen Becher davon an, nachdem sie sich in Vittorios Arme unter eine Decke gekuschelt hatte.

»Ich glaub das einfach nicht.« Nathalie wirkte ratlos und eine Spur ungehalten. »Du bist ins Untergeschoss eines baufälligen Hauses gegangen, um Fotos davon zu machen, wie kaputt es ist? Bist du eigentlich noch bei Trost?«

»Nathalie!«, mahnte Angela.

Ihre Tochter schien sie gar nicht zu hören. »Und das am Tag vor unserer Hochzeit?«, fuhr Nathalie fort. »Ja, war dir denn nicht klar, was alles hätte passieren können?« Unvermittelt brach sie in Tränen aus.

Amadeo schloss sie liebevoll in seine Arme. »Du hast recht«, sagte er leise. »Und weißt du, ich hatte lange genug Zeit, um darüber nachzudenken, wie leichtsinnig das war. Allerdings konnten weder Grazia noch ich wissen, wie schlimm es um das Haus tatsächlich …«

»Grazia!« Nathalie machte sich jäh aus seiner Umarmung los. Ihre Augen blitzten vor Zorn. »Wenn ich noch einmal diesen Namen höre, flippe ich aus! Diese Frau ist dir offenbar wichtiger als alles andere …« Ein erneuter Sturzbach aus Tränen ergoss sich über ihre Wangen.

»Nein, Liebes, ganz bestimmt nicht«, versicherte Amadeo geduldig. »Um Grazia geht es doch überhaupt nicht. Weißt du, während wir da unten festsaßen, ist mir einmal mehr klar geworden, wie sehr ich dich liebe. Du bist die Frau, mit der ich ein Leben lang zusammen sein möchte, Nathalie. Du. Und niemand sonst.«

Nathalie hielt inne und sah ihn aus großen Augen an. An ihren langen Wimpern hingen Tränen, und Angela fand sie wunderschön.

»Wie ist das alles eigentlich passiert?«, fragte Nathalie mit zitternder Stimme.

»Das würde mich auch interessieren«, warf Tess ein. »Erzählt mal von vorn, man kommt ja gar nicht mit! Wie seid ihr überhaupt in diesem Keller gelandet?«

Amadeo legte wieder seinen Arm um Nathalie und zog sie erneut an sich.

»An diesem Fall bin ich schon seit einer Weile dran«,

begann er. »Es geht um Wohnraumspekulation. Eines Tages hat mir Grazia von Bertoldo Scarpa erzählt, einem alten Mann, der sich standhaft geweigert hat, das Haus zu verlassen, in dem er seit seiner Geburt lebt. Sie ist Sozialarbeiterin und betreut Scarpa. Er hat ihr neulich erzählt, dass der Hausbesitzer jemanden geschickt habe, der sich an den Fundamenten des Hauses zu schaffen machte. Angeblich sollte er etwas reparieren. Aber Scarpa kennt das Haus wie seine Westentasche. Er hat bemerkt, dass einige Metallstützen entfernt worden waren, die all die Jahre das Fundament verstärkt hatten. Das hat er der Polizei gemeldet, doch die haben ihm nicht geglaubt, vermutlich hielten sie ihn für einen närrischen Alten.« Amadeo nahm einen Schluck von seinem *vinbruè.* »Heute Morgen ist dieser Mann wiedergekommen, und es gab wohl einen Wortwechsel zwischen ihm und Scarpa, der ihn daran hindern wollte, in den Keller zu gehen, was ihm natürlich nicht gelang. Dann hat Scarpa Grazia angerufen, woraufhin sie mich verständigt hat.«

»Deshalb bist du mit Angela nach Venedig gefahren«, schloss Tess.

»Ja, genau.«

»Und warum habt ihr nicht gleich die Polizei benachrichtigt?«, wollte Nathalie wissen.

»Die hatten Scarpas Aussagen schon vorher keinen Glauben geschenkt. Deshalb brauchten wir Beweise, um endlich gegen den Hauseigentümer vorgehen zu können. Und die haben wir jetzt.« Voller Genugtuung lehnte er sich zurück.

»Das heißt«, fragte Tess erstaunt nach, »ihr habt die Fotos tatsächlich gemacht?«

»Ja, zum Glück«, antwortete Amadeo. »Und vorhin hab ich sicherheitshalber noch rasch alles auf zwei Festplatten kopiert. Eine trage ich bei mir. Und wir haben nicht nur Fotos von der Sabotage im Keller, sondern auch den erbärmlichen Zustand der Wohnungen dokumentiert«, fuhr er fort. »Tizi, du kannst uns sicherlich einen Bautechniker empfehlen, der das alles auswertet?«

»*Ma certo*«, antwortete Tiziana voller Genugtuung. Sie war sichtlich stolz auf Amadeos Vorgehen. »Dem Kerl legen wir das Handwerk.«

Angela beobachtete erleichtert, wie gespannt Nathalie an Amadeos Lippen hing. Sie schien endlich zu begreifen, wie wichtig seine Arbeit war.

»Wir haben Scarpa außerdem Fragen gestellt und das, was er uns erzählt hat, aufgenommen. Danach sind wir in den Keller gegangen, um uns anzuschauen, was genau an den Fundamenten manipuliert worden war. Scarpa wollte uns unbedingt begleiten, aber Grazia hat ihn dazu überreden können, sich in seiner Wohnung ein wenig hinzulegen. Er hat ein schwaches Herz, und die Aufregung am Morgen war schon fast zu viel für ihn.« Amadeo schloss kurz die Augen. Er wirkte erschöpft. »Zuerst lief alles bestens«, fuhr er fort. »Ich war so konzentriert auf die Fotos, dass wir überhaupt nicht gemerkt haben, dass der vordere Teil des Kellers mit Wasser volllief. Es war später geworden, als ich dachte, und ich wollte Angela eine Nachricht schicken. Erst zu diesem Zeitpunkt haben wir gemerkt, dass wir uns in einem Funkloch befanden. Und da wir alles hatten, was wir brauchten, haben wir beschlossen, wieder nach oben zu gehen.« Amadeo schwieg einen Moment. Dann holte er tief Luft. »Aber der Rückweg war uns abgeschnitten. Genau an den Stellen, wo man die Stützen entfernt hatte, war das Fundament aufgebrochen. Immer mehr Wasser strömte herein und bildete Verwirbelungen und Strudel. Alles, was hineinfiel, wurde wie durch einen riesigen Siphon nach unten gezogen und verschwand. Da dachten wir noch, wir könnten uns irgendwie an der Wand entlang zur Treppe vortasten. Dabei ist Grazia ausgerutscht und hat sich den Fuß verletzt. Es war nicht zu schaffen. Irgendwann haben wir begriffen, dass wir in der Falle saßen.« Amadeo holte tief Atem. Er war bleich. Der blutige Kratzer über seiner Braue trat deutlich hervor.

»Es ist spät«, gab Angela sanft zu bedenken. »Wir sollten schlafen gehen.«

»Ja, das sollten wir.« Ein Ausdruck von Dankbarkeit und Staunen lag auf Amadeos Gesicht, als er sie ansah. »Trotzdem muss ich vorher noch zu Ende erzählen.« Er sah auf Nathalie hinunter, die sich an seine Schulter gekuschelt hatte, und strich ihr zärtlich eine Strähne aus der Stirn. »Wir sind auf eine Metallverstrebung geklettert, die quer unter der Decke verlief, während das Wasser weiter und weiter stieg. Ratten schwammen darin, manche wurden in den Strudel gesogen und verschwanden. Die anderen sammelten sich auf der Treppe. Sie wollten raus, genau wie wir. Aber die Metalltür war ja zu. Grazia glaubte, dass das Wasser den Keller nicht vollständig fluten würde. Der Wasserpegel der Kanäle wäre einfach nicht hoch genug, meinte sie. Doch mir war klar, dass das gesamte Gebäude früher oder später seine Stabilität verlieren würde. Ich sprach das nicht aus, weil ich Grazia die Hoffnung lassen wollte. Ich hab an dich gedacht, Nathalie, und an Pietrino. Ich sah unser gemeinsames Leben vor mir, wie es in den kommenden Jahren aussehen könnte. Und mir wurde bewusst, dass ich das alles vermutlich überhaupt nicht mehr erleben würde. Und spätestens da habe ich gespürt, dass du das Wichtigste in meinem Leben bist,

Nathalie. Das Schönste, das Wunderbarste. Dass ich so ein ungeheurer Glückspilz bin und nun riskierte, alles zu verlieren.« Er hielt kurz inne.

Angela wagte nicht zu atmen. Die Vorstellung, Amadeo wäre um ein Haar unter den Trümmern des Hauses begraben worden, war unerträglich.

»Und stell dir vor«, fuhr Amadeo fort, »genau in dem Moment sahen wir Licht. Jemand rief meinen Namen. Ich dachte zuerst, ich hätte es mir eingebildet. Aber das hatte ich nicht. Angela stand auf der Treppe auf der anderen Seite des Kellers, während die Ratten an ihr vorbei ins Freie huschten.« Er lachte kurz auf. »Ich glaube, jede andere Frau an ihrer Stelle hätte spätestens jetzt die Taschenlampe verloren und wäre in Ohnmacht gefallen, wenn sie sich überhaupt je da runter getraut hätte. Jedoch nicht Angela. Sie hat uns gerettet. Dass wir morgen heiraten können, verdanken wir ihr.«

Aller Augen wandten sich nun Angela zu.

»Na, na, du übertreibst maßlos«, wehrte sie verlegen ab. »Jeder an meiner Stelle hätte dasselbe getan.«

»Nein, das glaub ich nicht, Mami«, entgegnete Nathalie mit zitternder Stimme. »Das war absolut mutig von dir.«

»Das stimmt«, fiel Sol mit ein. »Ich hab ehrlich gesagt nicht viel darauf gegeben, als wir diesen Zettel mit der Adresse in Amadeos Büro gefunden haben. Ich schäme mich dafür.«

»Und ich«, sagte Tiziana und nahm Sols Hand in die ihre, »ich frage mich die ganze Zeit … woher hast du nur diese Sicherheit genommen, Angela? Die Sicherheit, dass dich diese Adresse auf dem Zettel zu Amadeo führen würde?«

»Ich war mir überhaupt nicht sicher«, antwortete Angela nachdenklich. »Es war einfach … es war nichts weiter als ein Gefühl.« Liebevoll betrachtete sie Amadeo und Nathalie, die sich ganz eng an ihren Bräutigam schmiegte. Die feierliche Stimmung wurde ihr nun allerdings doch zu viel. Sie richtete sich auf. »So, wie ich jetzt im Gefühl habe«, fuhr sie fort, »dass es morgen ein großartiger, aber auch anstrengender Tag werden wird. Ich weiß nicht, was ihr noch vorhabt. Ich jedenfalls gehe jetzt schlafen.«

»Und was ist mit den Weihnachtsgeschenken?« Nathalies Stimme klang schon wieder ganz zittrig. »Mit der Bescherung?«

»Warum feiert ihr in diesem Jahr Weihnachten nicht auf italienische Art?«, schlug Tiziana vor. »Lasst uns alle schlafen gehen. Und morgen früh werden wir sehen, was der *babbo natale* jedem Einzelnen gebracht hat. *Va bene?*«

7
Der Brautstrauß

Als Angela aufwachte, wusste sie zunächst nicht, was für ein Tag war. Dann schreckte sie hoch. Sie hatte doch nicht etwa verschlafen?

»*Buon natale, amore!*« Mit Vittorio strömte ein köstlicher Duft nach Kaffee und frischem *panettone* ins Schlafzimmer. »Hier kommt dein Frühstück.«

»Wie spät ist es?«

»Noch nicht mal acht.« Vittorio stellte das Tablett auf dem Nachttischchen ab und setzte sich auf den Bettrand. Er war noch im Pyjama. »Du kannst also in aller Ruhe frühstücken, ehe der Trubel losgeht. Im Bett. So wie du es am liebsten hast.«

Angela atmete auf. Die Trauung war erst um vierzehn Uhr. Um halb zehn würde Edda kommen, um sie alle nach und nach zu frisieren. Sie hatte also wirklich noch ein wenig Zeit. »Ach, ist das lieb von dir«, sagte sie und nahm einen Schluck von dem Cappuccino, den niemand so gut zubereitete wie Vittorio. Seit sie hier gemeinsam in die Villa ihres verstorbenen Vaters eingezogen waren, brachte er ihr jeden Morgen eine Tasse ans Bett, und jedes Mal freute sie sich genauso darüber wie am allerersten Tag. Kaum hatte sie nun einen Bissen von dem *panettone* genommen, läutete es an der Tür. Kurz darauf hallten Stimmen durchs Haus.

»Das ist doch nicht etwa …«

»… deine Schwägerin?«

Angela ließ sich mit einem Seufzen zurück in die Kissen sinken. Sie hatte die Schwester ihres verstorbenen Mannes und deren Ehemann, die für die Hochzeit extra aus Bayern angereist waren, mit Bedacht im Hotel untergebracht. Selbstverständlich war sie davon ausgegangen, dass sie auch dort frühstücken würden. Aber warum wunderte sie sich? Simone war bekannt dafür, dass sie sich manchmal verhielt wie ein Elefant im Porzellanladen.

»Na, seid's denn no gar net auf, alle mitanand?«, schallte es durch die Villa. »Halloooo!«

»Eindeutig Simone«, befand Angela und stellte ihre Tasse ab. Seufzend schlug sie die Bettdecke zurück und angelte mit den Füßen nach ihren Pantoffeln.

»Nein, nein, Liebes, ich kümmere mich um die

beiden.« Vittorio gab ihr einen Kuss. »Ich mach ihnen Cappuccino und unterhalte sie ein wenig. Das gibt mir Gelegenheit, mein Deutsch zu üben.« Er hatte im vergangenen Jahr fleißig ihre Sprache gelernt.

»Wirklich?«

»Ganz sicher. Bitte. Leg dich wieder hin.«

»Danke! Ich komme bald nach.« Aus Nathalies Wohnung ein Stockwerk unter ihnen erklang jetzt putzmunteres Kinderlachen. »Alle anderen sind ja auch schon wach.«

»Erst wird gefrühstückt!« Vittorio schüttelte ihr das Kissen auf, sodass sie im Bett bequem sitzen konnte.

»Na gut.« Sie schlüpfte noch einmal unter die Decke. »Eine Viertelstunde. Dann ist es Zeit für den *babbo natale*.«

»Gibt es denn bei euch in Italien kein Christkind?«, wollte Simone wissen, die glückselig einen Tischläufer aus der Seidenvilla auf dem Schoß hielt, der farblich perfekt zu ihrer Wohnzimmereinrichtung passte.

Sie hatten gerade in aller Ruhe die Geschenke ausgepackt. Von Nathalie und Amadeo hatte Angela einen Gutschein für ein Wellnesswochenende in dem berühmten Thermalbad Albano Montegrotto südwestlich von Padua bekommen, und Tess hatte ihr ein Jahresabonnement bei einer Kosmetikerin in Treviso geschenkt.

»Ihr findet wohl, ich werde langsam alt«, kommentierte sie lachend ihre Präsente.

»Wir wollen eben, dass du jung und fit bleibst«, gab Nathalie liebevoll zurück.

Gerührt bewunderte Angela die Perlenohrringe, die Vittorio für sie ausgesucht hatte, und er freute sich über die Eintrittskarten zur Eröffnungspremiere der Opernsaison in Verona. Währenddessen saß Pietrino mitten zwischen zerknäultem Geschenkpapier unter dem Weihnachtsbaum und warf es juchzend in die Höhe. Er suchte sich ein besonders buntes aus und machte sich mit Hingabe daran, es in kleine Stücke zu zerreißen.

»Bei uns kommt der *babbo natale*, der Weihnachtsmann. Das Christkind liegt in der Krippe«, antwortete Vittorio auf Simones Frage. »Es bringt die Geschenke nicht, sondern bekommt welche. Vor allem von der *befana*, der Weihnachtshexe.«

»Hexe? Des klingt aber net besonders christlich«, wandte Simone ein und nahm eine Tasse Kaffee von dem Tablett, das Matilde herumreichte.

»Na ja, stimmt, die *befana* ist nur halb christlichen

Ursprungs. Halb geht sie jedoch auf archaische Bräuche zurück«, räumte Vittorio schmunzelnd ein und nahm neben ihr Platz. »Willst du die Geschichte hören?«

»Gern«, antwortete Richard, Simones Mann, an ihrer Stelle. »Eine Weihnachtshexe? Des klingt doch nett!«

Vittorio begann zu erzählen. Von den Heiligen Drei Königen, die unterwegs den Stern aus den Augen verloren hatten und eine alte Frau fragten, ob sie wisse, wo der neugeborene Heiland zu finden sei. Sie wollten dem heiligen Kind huldigen und ihm Geschenke bringen. »Ich komme mit euch«, erklärte die Frau sogleich gerührt. Doch wo sich das Kind befand, das wusste sie nicht.

»Rasch holte sie die schönsten Dinge, die sie besaß.« Wie die anderen lauschte auch Angela fasziniert. Sie hatte gar nicht gewusst, dass Vittorio inzwischen so gut Deutsch sprach. »Das alles wollte sie dem heiligen Kind schenken. Als sie jedoch nach den fremden Königen suchte, waren diese längst auf ihren Kamelen weitergeritten, und sosehr die Alte sich bemühte, ihnen zu folgen, sie holte sie nicht mehr ein. Bis heute sucht sie nach dem Jesuskind in der Krippe. Und da es ja hinter jeder Tür wohnen könnte, bringt die *befana* seither allen Kindern auf der Erde am Dreikönigstag Geschenke.«

Pietrino hatte aufgehört, das Geschenkpapier zu zerreißen, und Vittorio fasziniert zugehört.

»Befana«, rief er begeistert in die Stille hinein.

»Habt ihr das gehört?« Nathalie sprang auf und nahm ihren Jungen auf den Arm, um ihm einen dicken Kuss zu geben. »Das ist außer Mama und Papa das erste Wort, das er klar und deutlich spricht!«

Es läutete Sturm. Nathalie sah erschrocken auf die Uhr. Für ein paar Augenblicke hatte sie offenbar ganz vergessen, dass an diesem Tag noch ihre Hochzeit stattfinden würde.

»Du liebe Zeit«, rief sie, »schon halb zehn!«

Aufgeregte Geschäftigkeit erfüllte bald die Villa Duse. Edda erschien und verwandelte Nathalies Wohnzimmer im Handumdrehen in einen Beautysalon.

»Zuerst frisiere ich die Braut«, verkündete sie.

»Natürlich.« Nathalie zeigte ihr eine am Computer ausgedruckte Liste. »Ich habe alles genau durchgeplant. Nach mir kommt Mami an die Reihe. Dann die Brautjungfern. Mariola, Fioretta, Fania und zuletzt Giulia.«

»Puh«, machte Edda. »Ein ganz schönes Programm. Hoffentlich schaff ich das alles.«

»Und wann bin ich dran?«

»Ähm.« Nathalie sah verdutzt von Tante Simone zu ihrer Liste. »Dich hab ich gar nicht eingeplant.«

»Was?« Simone stemmte entrüstet die Fäuste in die Taille. »Ja, soll ich denn mit diesem Wuschelkopf zu deiner Hochzeit erscheinen?«

»Wir kriegen das hin«, beeilte sich Edda, zu beteuern. Obwohl sie kein Deutsch verstand, hatte sie durchaus begriffen, dass sie nicht darum herumkam, auch Simone zu frisieren. »Sag deiner Tante, dass das klargeht. Wir quetschen sie irgendwo rein. Am besten gleich nach dir. Sag ihr, sie soll sich bis in einer Stunde die Haare gewaschen haben.«

»Aber dann verschiebt sich ja alles«, protestierte Nathalie. »Außerdem ist unser Bad besetzt.«

»Kein Problem. Ich geh einfach hoch zu deiner Mutter«, verkündete Simone. »Des macht dir doch nix aus, oder?«

»Natürlich nicht«, erklärte Angela und begleitete ihre Schwägerin nach oben, reichte ihr Handtuch und Shampoo und ließ sie allein.

In der Diele lauschte sie. Alle waren beschäftigt. Vittorio schien sich prächtig mit Richard zu unterhalten und Matilde hatte Pietrino mit in die Küche genommen, wo er, auf seinem Hochstuhl thronend, »mithelfen« durfte, für den Sektempfang leckere *sgonfiotti,* salzige Windbeutel mit Käse, zu backen, was er für sein Leben gern tat. Kurz entschlossen ging Angela hinunter ins Foyer und nahm ihren Wintermantel aus dem Schrank. Eine Viertelstunde ganz für sich allein sein – dieser Gedanke war allzu verlockend.

Als sie vor die Tür trat, traf sie ein überraschend kalter Windhauch. Sie schnupperte. Roch es etwa nach Schnee? Nein, sagte sie sich. In Asenza schneite es so gut wie nie. Damals, als Pietrino geboren worden war, hatte für wenige Stunden eine Schneedecke über der Stadt gelegen, seither war das nicht mehr vorgekommen.

Sie durchquerte das schmiedeeiserne Tor, und für einen Augenblick sah sie sich wieder dort stehen, unsicher, ob sie vorgelassen werden würde, und voller Schmetterlinge im Bauch, denn sie hatte sich gerade entschlossen, die Seidenvilla zu kaufen. Fast vier Jahre waren seither vergangen. Was war nicht alles seither geschehen!

Vor der Kirche stand der Lieferwagen des Floristen Lanzaroni. Zwei junge Männer trugen prachtvolle Gestecke ins Innere. Angela wollte ihnen schon folgen, doch dann sah sie ein, dass sie vermutlich nur im Weg herumstehen würde, und beschloss, die Männer ihre Arbeit tun zu lassen und sich erst alles anzuschauen, wenn sie fertig waren. Zuvor jedoch wollte sie jemandem einen Besuch abstatten.

Das Grab, in dem Lorenzo Rivalecca neben seiner Frau Lela Sartori ruhte, befand sich im älteren Teil des Friedhofs direkt hinter der Apsis der Kirche. Von hier aus hatte man einen fantastischen Blick über das auf einer Hügelkuppe gelegene Städtchen und hinab in die vorgelagerte Ebene, hinter der sich irgendwo am Horizont, vom morgendlichen Dunst verborgen, Venedig befand. Erst am Tag zuvor hatte Angela einen Strauß weiße Calla in der steinernen Vase auf dem Grab arrangiert, so wie ihr Vater es selbst einmal pro Woche getan hatte, eine Geste, die so gar nicht zu dem schroffen Gebaren des alten Mannes gepasst hatte.

Angela hatte viel zu lange nicht gewusst, dass Lorenzo ihr Vater gewesen war, erst nachdem er ihr die Seidenvilla verkauft hatte, war das Geheimnis gelüftet worden. Er war ein seltsamer Kauz gewesen, und zunächst war sie aus seinen Launen nicht schlau geworden. Angelas Mutter Rita war vor vielen Jahren gemeinsam mit ihrer Freundin Tess als Erntehelferin nach Asenza gekommen und hatte mit Lorenzo, dem die Weinberge der Gegend gehört hatten, eine Affäre gehabt. Nach einem heftigen Streit hatte sie sich von ihm getrennt und war nach Deutschland zurückgekehrt.

Und als sie entdeckt hatte, dass sie schwanger war, hatte sie den Antrag eines alten Verehrers angenommen. Sie hatte Angela nie erzählt, dass der Mann, mit dem sie aufgewachsen war, gar nicht ihr richtiger Vater gewesen war. Lorenzo hatte schließlich, nachdem er jahrelang umsonst auf Ritas Rückkehr gewartet hatte, Lela Sartori geheiratet, die Besitzerin der Seidenvilla.

Hier hatte er gestanden, als Angela ihm zum ersten Mal begegnet war, an Lelas Grab, und über die Mauer und zwischen den Zypressen hindurch in die Ferne gesehen. Er war ein Fremder für sie gewesen, und sie hatte sich anfangs sogar vor ihm und seinen Launen gefürchtet. Dabei schlug unter seiner rauen Schale ein Herz aus Gold. Obwohl sie ihre Verwandtschaft bis nach seinem Tod geheim gehalten hatten, war es ihm wichtig gewesen, dass sie die Villa Duse hier oben am höchsten Punkt des Städtchens erbte. Er hatte noch die Geburt seine Urenkels Pietrino miterlebt, den er sehr geliebt hatte. Inzwischen war eine neue Generation in die alte Villa eingezogen, genau so, wie ihr Vater es sich gewünscht hatte.

Angela wandte sich ab und betrat nun doch die Kirche. Nathalie würde erleichtert sein, wenn sie ihr berichten konnte, dass der Blumenschmuck nach ihren Wünschen gestaltet war. Und tatsächlich wirkte das sonst ein wenig abweisende Kircheninnere wie verwandelt. Blumengebinde aus großen, weißen Blüten schienen es von innen her zu erleuchten.

»Was für außergewöhnlich schöne Rosen!«, rief sie aus.

»Es sind Kamelien«, antwortete einer der Floristen und rückte ein Gesteck neben dem Altar zurecht.

Angela glaubte, sich verhört zu haben. »Wirklich?« Dabei hatte sie ausdrücklich gesagt, dass Carmela Ponzino nicht befugt war, irgendetwas an der Bestellung zu ändern. Dennoch blieb ihr der Protest im Hals stecken, denn was sie sah, war wunderschön. »Und … das Brautbouquet. Ist das etwa auch aus …?«

»Kamelien, *naturalmente.*« Der junge Mann erhob sich und sah sie fragend an. »So war es bestellt. Wollten Sie etwa etwas anderes?«

»Nun …« Angela überlegte fieberhaft. Dann gab sie sich einen Ruck. »Nein«, antwortete sie. »Es ist … alles gut so.«

»Das will ich meinen«, hörte sie eine Stimme hinter sich.

»Carmela«, brach es aus Angela hervor. »Sie haben tatsächlich …?«

»Geben Sie doch zu, sie sind viel schöner, als weiße Rosen es jemals sein könnten.« Carmela Ponzino trug ein elegantes, dunkelblaues Seidenkleid und darüber einen Mantel, den Angela noch nicht an ihr gesehen hatte. Offenbar war sie bereit für das Fest. »Ihrem Vater hätte es gefallen«, fügte sie etwas milder hinzu. »Als er und Lela geheiratet haben, da hat die Kirche fast genauso ausgesehen wie heute.« Sie ließ ihren Blick über den Altar und die Kirchenbänke wandern. »Was meinen Sie, warum sie diese Stoffblüten in der Villa gefunden haben? Damals haben wir sie in der Seidenvilla eigenhändig hergestellt, vor nun bald … lassen Sie mich nachrechnen … das müsste jetzt mehr als fünfzig Jahre her sein.« Die frühere Weberin ging, auf ihre beiden Stöcke gestützt, zur ersten Bankreihe und betastete eine der Seidenblüten. »Sie sind vergilbt«, sagte sie bedauernd. »Ich an Ihrer Stelle hätte neue machen lassen.«

»Es ist gut so, Carmela«, sagte Angela leise. Jetzt erst begriff sie, warum die alte Weberin so auf den Kamelien bestanden hatte. Auch wenn es eigentlich nicht ihre Angelegenheit war. Aber in Asenza waren sie mit den Jahren zu so etwas wie einer großen Familie zusammengewachsen. Und offensichtlich gab es wohl noch vieles, was sie, Angela, noch immer nicht wusste.

Die Kirchturmuhr schlug zehnmal. »Ich geh jetzt wohl besser«, sagte sie.

Carmela musterte sie von oben bis unten. »Dafür, dass Sie gestern Ihrem Schwiegersohn das Leben gerettet haben, sehen Sie ganz schön munter aus.«

Angela stöhnte. »Wer hat denn das schon wieder herumerzählt?«, entfuhr es ihr.

Doch Carmela Ponzino hatte sich bereits umgedreht und humpelte an ihren Stöcken in Richtung Ausgang.

Ganz Asenza war auf den Beinen, als Viertel vor zwei das Festgeläut begann, die Einwohner des Städtchens in die Kirche zu rufen. Angela sah vom Fenster in Nathalies Schlafzimmer aus, wie sich der Platz füllte. Sie trug ein neues Kleid aus petrolfarbener Seide und dazu die Ohrringe, die Vittorio ihr zu Weihnachten geschenkt hatte.

»Bist du fertig?«, fragte sie ihre Tochter. »Wie passen eigentlich die Schuhe?«

»Sie sind perfekt«, erklärte Nathalie. »Aber eben ist mir eine Haarnadel in den Rückenausschnitt gefallen.« Vergeblich verrenkte sie sich den Arm, um sie wieder herauszufischen.

»Wo?«, fragte Romina, die gekommen war, um der Braut beim Ankleiden zu helfen. Vorsichtig öffnete sie einige der vielen kleinen, mit Seidenstoff bezogenen Kugelknöpfe, die dicht an dicht den Rückenverschluss des Kleides bildeten. »Auf der Höhe des BHs«, jammerte Nathalie. »Au, das sticht! Verflixt! Heute war Edda eindeutig nicht bei der Sache.«

»Sie hatte ja auch ein enormes Pensum«, versuchte Angela, sie zu beschwichtigen.

»Was ist das für ein blauer Fetzen?« Simone spähte ins Innere des Rückenteils.

»Du kennst doch den alten Brauch«, erklärte Angela. »Wenn du heiratest, brauchst du etwas Neues, etwas Altes, etwas Geliehenes und etwas Blaues.« Sie zeigte auf das blaue Herz aus Seide, das innen in die Seitennaht eingenäht worden war.

»Das Alte ist ein Taschentuch von meinem Großvater«, erklärte Nathalie und zog es aus dem Beutelchen, das an ihrem Handgelenk baumelte.

»Und das Geliehene?«

Ohne zu antworten, berührte Nathalie das Collier, das um ihren Hals lag.

»Mami hat es mir geliehen. Es ist gleichzeitig alt, denn Lorenzo hat es anfertigen lassen für den Fall, dass Oma Rita zu ihm zurückgekommen wäre.« Sie verzog das Gesicht. »Hey, Romina, hast du die Haarnadel endlich?«

»Hier ist sie.« Romina reichte sie Nathalie und knöpfte das Kleid wieder zu.

»Und wenn deshalb meine Frisur nicht hält?« Nathalie betrachtete sich mit ängstlicher Miene im Spiegel. Edda hatte ihr langes, kastanienbraunes Haar kunstvoll aufgesteckt und ein kleines Diadem aus echten Blüten eingearbeitet. Angela hütete sich, zu verraten, dass die »Rosen«, von denen ihre Tochter so schwärmte, in Wirklichkeit Kamelien waren. Hauptsache, Nathalie gefiel der Blütenschmuck.

Angela inspizierte das komplizierte Haargebilde. »Sieht gut aus«, sagte sie. »Eine einzige Nadel wird ja wohl kaum …«

»Also, wie ist das jetzt gleich?«, platzte Simone dazwischen und schob Mariola beiseite, die Nathalie in das zum Kleid passende Jäckchen aus flauschigem Mohair und Seide helfen wollte. Anna, die unter den Weberinnen die meiste Erfahrung mit dem Mischen von Seide mit anderen Fasern besaß, hatte den Stoff dafür gewoben. »Hab ich das richtig verstanden? Dein Vittorio soll die Nathalie zum Altar führen?«

»Nun ja, da Nathalies Vater nicht mehr da ist und …«

»Aber Vittorio ist doch der Vater des Bräutigams«, unterbrach Simone sie heftig.

»Ja, das schon, nur …«

»Überhaupt sind das ja drollige Verhältnisse bei euch. Denn wenn ich's mir recht überlege, dann heiratet die Nathalie heut ihren Bruder.«

Angela blieb kurz die Luft weg. »Simone«, sagte sie streng. »Red keinen Unsinn. Amadeo und Nathalie sind nicht miteinander verwandt. In zehn Minuten ist die Trauung. Geh mir jetzt bloß nicht auf die …«

»Aber Vittorio ist ihr Stiefvater *und* …«

»Und weil das so ist«, mischte sich jetzt Richard gutmütig ein, »schlag ich vor, dass *ich* sie führe. Schließlich bin ich der Onkel. Und nur das.«

Angela wechselte einen verzweifelten Blick mit Nathalie.

»Wir haben das alles genau besprochen«, entgegnete Nathalie ihrer Tante genervt, während sie das Jäckchen anzog und Mariola ihr den Brautstrauß reichte. »Vittorio führt mich …«

»Ja des geht doch net!« Simone schnaubte. »Er ist schließlich dein Stiefvater *und* dein Schwiegervater.«

»Du lieber Himmel …«, begann Angela, aber Nathalie legte beschwichtigend die Hand auf ihren Arm.

»Wo ist Vittorio?«

»*Eccomi«,* tönte seine ruhige, tiefe Stimme. »Ich finde, Simone hat recht. Und übrigens … Donatella hat gerade angerufen. Ich muss ihnen mit meiner Mutter helfen. Allein schaffen sie es nicht, den Rollstuhl die steile Straße bis zur Kirche hochzuschieben. Nathalie, Liebes. Bist du mir sehr böse, wenn ich …«

»Nein«, seufzte Nathalie. »Beeil dich, damit ihr nicht zu spät kommt.«

»Wenn du den Richard als Brautführer net willst«, verkündete Simone, »dann kann auch ich das machen.«

»Oh nein«, entgegnete Nathalie entschlossen, die offenbar nicht wusste, ob sie lachen oder lieber weinen sollte. »Danke, Tante Simone, das ist wirklich nett von dir. Ich denke, Onkel Richard und ich werden das schon schaffen. Oder?«

»Es ist mir eine Ehre«, erklärte dieser gerührt und reichte seiner Nichte den Arm.

Die Kirche war so voll wie lange nicht mehr, und auf dem Platz davor standen Menschen, die drinnen offenbar keinen Platz mehr gefunden hatten. Eine winterlich fahle Sonne erschien zwischen den Wolken und warf ihre Strahlen direkt auf Nathalie, die am Arm ihres Onkels aus dem schmiedeeisernen Tor trat. Gianni hatte wie abgesprochen am Kircheneingang Aufstellung genommen und gab ihnen nun ein Zeichen, das sie miteinander vereinbart hatten und das ihnen sagen sollte, dass Amadeo bereits am Altar wartete. Während sie über den Platz schritten – allen voran Nathalie mit ihrem Onkel Richard, gefolgt von den Brautjungfern, und schließlich Angela, Simone und den Freunden –, brandete das Glockengeläut noch einmal auf und erfüllte die Luft mit seinem vibrierenden Klang. Als Nathalie die Schwelle der Kirche erreicht hatte, mischte sich Orgelmusik darunter, und auf einmal wurde Angela derart von Emotionen überwältigt, dass sie glaubte, im nächsten Moment in Tränen auszubrechen.

Da schob sich ein Arm unter ihren, jemand drückte sie liebevoll. Es war Tess, die sie mit einem Lächeln voller Verständnis ansah. »Komm«, sagte ihre Freundin leise und ging gemeinsam mit Angela zur vordersten Bank, wo Plätze für die nahen Angehörigen reserviert waren. »Meine Handtasche platzt fast vor Taschentüchern«, flüsterte sie Angela zu, während sie sich setzten. »Nur für den Fall …« Sie grinste, und Angela wurde wieder leichter ums Herz.

Dort standen sie, Nathalie in ihrem Prinzessinnenkleid und Amadeo, der in seinem schwarzen Anzug und der silbergrauen Seidenweste darunter so gut aussah wie nie zuvor. Es war ein atemberaubend schönes

Paar, doch das Schönste waren die Blicke, die sie einander zuwarfen.

Auf der anderen Seite des Mittelgangs hatte Vittorios Mutter in ihrem Rollstuhl Platz gefunden, neben ihr saßen Donatella und Gaetano Colonari, die lächelnd zu ihr herübergrüßten.

»Sind die beiden nicht hinreißend?«, flüsterte Vittorio ihr zu, der sich an Angelas Seite gesetzt hatte. Er nahm ihre Hand und führte sie kurz an seine Lippen.

Pietrinos Augen schimmerten vom Licht der vielen Kerzen. Er saß auf Matildes Schoß und schien ganz gefesselt von dem zauberhaften Anblick seiner Mutter. »Sieht sie nicht aus wie eine wunderschöne Fee?«, hörte Angela Matilde leise zu dem Jungen sagen. Und als die Glocken und schließlich auch die Orgel schwiegen und der Priester gerade die Begrüßungsworte sprechen wollte, sagte der Kleine mit seiner glockenhellen Stimme: »Feeeee« und zeigte dabei mit ausgestrecktem Arm auf seine Mutter.

Leises, verhaltenes Lachen erhob sich ringsum, und sogar der Priester musste schmunzeln. Dann begann er mit der Zeremonie.

So viele Gedanken zogen Angela durch den Kopf. Und einmal mehr wunderte sie sich darüber, welche unfassbaren Wendungen das Leben doch nehmen konnte. Was, wenn sie damals nach der Beerdigung ihres ersten Mannes Tess' Einladung, zu ihr nach Asenza zu kommen, ausgeschlagen hätte? Was, wenn sie der Stimme der Vernunft gefolgt wäre und davon abgesehen hätte, die marode Seidenweberei zu kaufen? Was, wenn Vittorio und sie sich nach Dario Montis Intrige, der damals in sie verliebt gewesen war, nicht mehr wiedergesehen hätten und das Missverständnis niemals hätten aufklären können? Was, wenn sie gestern auf Sol gehört hätte und nicht mit diesem Zettel durch halb Venedig geirrt wäre, um eine unbekannte Adresse zu finden?

Sie spürte den liebevollen Druck von Vittorios Hand. Wie so oft schien er zu spüren, was sie bewegte.

»Nun also bleiben Glaube, Hoffnung, Liebe, diese drei«, hörte sie den Priester gerade sagen. »Aber die Liebe ist die größte unter ihnen.«

Genau das ist es, dachte Angela. Und während sie gerührt beobachtete, wie Nathalie und Amadeo die Ringe tauschten, ihr Ehegelöbnis sprachen und sich küssten, wurde ihr klar, dass sie all diese Entscheidungen, so gewagt und unsinnig sie im jeweiligen Moment erschienen waren, aus dem Bauch heraus getroffen hatte, oder besser gesagt: aus dem Herzen. Immer dann, wenn sie auf ihr Gefühl vertraut hatte, auch wenn der Verstand etwas anderes gesagt hatte, war am Ende alles gut geworden.

Ein letztes gemeinsames Lied wurde angestimmt, schließlich erteilte der Priester den Segen. Vor Glück nur so strahlend wandte sich das frisch vermählte Paar der Gemeinde zu. Pietrino hielt es nicht mehr länger aus, rutschte von Matildes Schoß und lief auf Nathalie und Amadeo zu. Lachend hob Amadeo ihn hoch auf seinen Arm, reichte Nathalie den anderen, und so schritten sie gemeinsam unter den tosenden Klängen der Orgel in Richtung Ausgang.

Die beiden Flügeltüren des Portals öffneten sich. Kurz stockte das Brautpaar. Angela hielt den Atem an. Es kam ihr vor, als wäre die Welt während der Zeremonie eine andere geworden. Blendend weiß schimmerte es auf dem Platz, auf den Dächern, den Mauern und Bäumen, alles war von einer feinen Schicht wie überpudert.

»Es hat geschneit«, jubelte Nathalie. Und zu Pietrino gewandt sagte sie: »Schau mal, das ist Schnee!«

Quer über den verschneiten Platz hatten Gianni und seine Helfer während der Zeremonie einen roten Teppich ausgerollt.

»Das war die beste Idee, die du jemals hattest«, wisperte Angela ihrer Freundin Tess zu. Sie selbst hatte das eigentlich ein wenig übertrieben gefunden. Doch angesichts des frischen Schnees bedeutete der rote Teppich die Rettung für Nathalies Kleid und ihre Schuhe.

Sie nahmen auf den Kirchenstufen Aufstellung für den Fotografen, der sich tapfer bemühte, auf dem rutschigen Pflaster nicht auszugleiten.

In dicken Flocken begann es erneut zu schneien, und die Festgesellschaft versammelte sich im Foyer der Villa Duse, wo das Brautpaar die Glückwünsche entgegennahm. Angela hatte das gesamte Städtchen zum Sekt- und Glühwein-Empfang eingeladen, und viele fanden sich ein. Unter Giannis Aufsicht reichte ein Team von jungen Leuten Tabletts mit von Matilde und Emilia vorbereitetem Fingerfood herum, Matildes Käsewindbeutel, leckere Lasagne-Quadrate, raffinierte Röllchen aus Parmaschinken und getrockneten, eingelegten Pflaumen, Lachs-Kanapees und so manches mehr.

Auf einmal fiel Angela unter den Gratulanten eine Frau mit einem dunklen Bubikopf und einem Verband am Bein auf – es war Grazia, die sich mithilfe von Krücken direkt auf das Brautpaar zubewegte. Angela stockte kurz der Atem. Sie hatte nicht gewusst, dass die Sozialarbeiterin eingeladen war, und sie bezweifelte, dass es Nathalie recht war. Die beiden würden sich doch nicht ausgerechnet jetzt eine Szene machen?

Vorsichtshalber bahnte sie sich den Weg durch zu ihrer Tochter, um notfalls eingreifen zu können.

»Ich möchte euch beiden von ganzem Herzen gratulieren«, hörte sie die Sozialarbeiterin sagen. »Nathalie, wir kennen uns noch nicht. Aber ich hab schon so viel Wunderbares von dir gehört. Ich bin Grazia.« Verdutzt ließ Nathalie sich von der Fremden auf beide Wangen küssen. »Ich wünsche euch beiden alles Glück dieser Erde.«

Grazia drückte Nathalies Hand und hatte sich bereits Amadeo zugewandt. Fest schloss sie ihn in ihre Arme. Nathalies Miene versetzte Angela in Alarmbereitschaft.

»Wie geht es Scarpa?«, fragte Amadeo.

»Gut soweit«, antwortete Grazia. »Ich hab ihn heute Morgen noch besucht. Fürs Erste hat man ihn in einem Pflegeheim untergebracht. Aber ich hab ihm versprochen, ihn da so bald wie möglich rauszuholen.«

Nathalies Augen waren schmal geworden. Sie wirkte, als wollte sie etwas einwerfen, als Pietrino an Grazias Hosenbeinen zupfte.

»Aua?« Es war Pietrino, der die Spannung löste, indem er auf den verbundenen Fuß der jungen Frau deutete und mitleidvoll zu ihr hochsah.

»Ach, kaum der Rede wert, du süßer kleiner Mann«,

beteuerte Grazia und lachte ihn herzlich an. »Tut gar nicht mehr weh.« Sie drehte sich zu einer zarten Blondine um, die scheu zwei Schritte hinter ihr wartete, und winkte sie zu sich. »Nathalie, darf ich dir Antonella vorstellen?« Liebevoll legte sie einen Arm um die Schultern der zierlichen Frau. »Meine Lebensgefährtin.«

»Oh … ähm«, machte Nathalie, sichtlich verblüfft und erleichtert zugleich. Es kam selten vor, dass sie sprachlos war. Doch sogleich fing sie sich wieder. »Wie schön, dass ihr gekommen seid.« Sie schluckte. Ein Strahlen ging über ihr Gesicht. »Hey«, rief sie herzlich aus, »es wurde wirklich Zeit, dass wir uns kennenlernen!«

»Ist sie nicht zauberhaft?«, flüsterte Romina Angela zu und betrachtete Nathalie, die gerade ein paar Stufen der Treppe erklomm und sich dann zu den Gästen umwandte. »Und die Schuhe sind ein Traum.«

Angela nickte und verscheuchte den Gedanken daran, dass sie das seidene Paar in der Nacht zuvor beinahe verloren hätte.

»Hört mal alle her«, rief Nathalie fröhlich und schwenkte ihr Brautbouquet.

Nach und nach verebbte das Geplauder. »Ich möchte nun die unverheirateten Damen unter uns nach vorne bitten. Jetzt werde ich nämlich gleich meinen Brautstrauß werfen. Ihr kennt die Regel: Diejenige, welche ihn fängt, tritt als Nächste vor den Traualtar.« Nathalie grinste von einem Ohr bis zum anderen. »Und? Wer ist dabei?«

Nach und nach lösten sich Frauen aus der Festgesellschaft und näherten sich der Treppe. Die fünfzehnjährige Giulia, Annas Tochter, war die Erste.

»Los, Mamma, komm auch her«, rief sie ausgelassen und winkte ihrer Mutter.

»*Ma dai!*«, rief die Weberin verlegen aus und lief hochrot an, »muss das sein?« Jeder wusste, dass sie seit fast zwei Jahren mit Nicola zusammen war und ihn nur zu gern geheiratet hätte. Doch aus irgendeinem Grund war der Neapolitaner noch nicht auf die Idee gekommen, sie zu fragen.

»Nur zu, Anna«, ermunterte sie nun auch Nathalie. »Der Strauß beißt schon nicht. Und was ist mit dir, Maddalena? Und Carmela?«

Carmela Ponzino ließ ein meckerndes Lachen hören und alle stimmten ein. »Den armen Mann möchte ich sehen, der es mit mir noch mal aufnimmt!«, rief sie. Trotzdem nahm sie ihre Tochter an der Hand und humpelte mit der widerstrebenden Maddalena in Richtung Treppe.

»Lidia! Emilia! Matilde! Nola! Muss ich euch alle einzeln bitten?« Lachend traten die Genannten nach vorn. »Was ist mit dir, Fania? Und Mariola, willst du etwa kneifen?«

Nach einigem Hin und Her hatten sich so gut wie alle unverheirateten Frauen und Mädchen am Fuß der Treppe eingefunden.

»Hat sich jede eine gute Fangposition gesichert?«, heizte Nathalie die Stimmung an. »Denn jetzt geht es gleich los. Und eines verbitte ich mir von vornherein: Ein Brautstrauß darf den Boden nicht berühren. Das bringt Unglück. Also tut mir das nicht an, ja? Fangt ihn!«

Damit drehte sich Nathalie um, hob den Strauß, holte Schwung und warf ihn beherzt über ihren Kopf hinweg hinunter ins Foyer.

Sich um die eigene Achse drehend flog er weit über die Gruppe der unverheirateten Frauen hinweg, von denen die meisten die Arme erhoben hatten, ja, Fania und Anna sprangen gar hoch in die Luft, um das Bouquet zu erwischen. Es war jedoch unerreichbar für sie. Angela hielt den Atem an und hoffte inständig, dass es nicht zu Boden fallen würde. Im letzten Moment fuhr ein Arm hoch. Es war Romina, die sich im Hintergrund gehalten hat. Die Gäste stöhnten gemeinsam auf vor Erleichterung.

»Himmel, Nathalie«, rief die Schneiderin trocken aus, die offenbar kein Interesse daran gehabt hatte, den Strauß zu fangen, und ihn nun doch in Händen hielt. »Mit diesem Wurfarm solltest du Basketball spielen und keine Brautsträuße durch die Gegend katapultieren!«

»Romina?« Nathalie hatte sich wieder umgedreht und machte große Augen, als ihr klar wurde, wie weit sie geworfen hatte. »Warum versteckst du dich dahinten?«

»Damit ich deinen Strauß retten kann«, gab Romina zurück. »Oder Dario. Er hätte ihn nämlich sonst an den Kopf bekommen.« Sie lachte ihren Freund an, der neben ihr stand und gerade ziemlich verdutzt wirkte. Nathalie kam eilig die Treppe herunter. »Was mach ich jetzt bloß damit?«, fragte die Schneiderin mit einem schiefen Grinsen und hob den Strauß für alle sichtbar hoch.

»Ich … ich hätte da eine Idee.« Dario Monti räusperte sich. Umständlich kramte er in seiner Anzugjacke und zog ein winziges Schmucketui hervor.

»Leute«, rief Nathalie geistesgegenwärtig. »Macht Platz. Schnell! Wo ist der Fotograf? Gleich wird etwas Wunderbares geschehen.«

Der Architekt war über und über rot geworden. Dann gab er sich einen Ruck und ging vor Romina in die Knie.

»Romina«, sagte er und öffnete das Etui. Ein wunderschöner Ring mit einem blitzenden Diamanten schimmerte in dem dunklen Samt. »Möchtest du meine Frau werden?«

Einen kurzen Moment lang war es ganz still in der großen Halle. Und wenn sie jetzt Nein sagt, fuhr es Angela durch den Kopf. Romina war eine großartige Frau. Und doch konnte man bei ihr nie wissen.

»Ja natürlich«, hörte sie Romina sagen und atmete auf. »Verdammt!«, fügte Romina hinzu. »Ich dachte schon, du fragst mich nie!«

Der Fotograf hatte sich tatsächlich in Stellung gebracht, ein wahrer Blitzlichtregen prasselte nun auf Romina und Dario ein, während sie sich umarmten und küssten und Dario seiner Verlobten den Ring auf den Finger schob.

»Hättest du das gedacht, damals, als du in der Bar bei der Villa Maser aus lauter Verlegenheit, weil du zu früh dran warst, einen Cappuccino getrunken hast?«, flüsterte Vittorio Angela viele Stunden später ins Ohr. Die beiden standen am Geländer der Galerie des ersten Stockwerks, von wo aus man das Treiben im Foyer wundervoll beobachten konnte. Sie hatten ein phänomenales Festessen genossen. Nun war es weit nach Mitternacht, seit Stunden erbebte die Villa vom Klang der Live-Band, einer bei den jungen Leuten angesagten Gruppe, die jede Menge Stimmung machte. Im Foyer wurde getanzt, und am ausdauerndsten war das Brautpaar selbst.

»Du meinst damals, als du mich mit deinen Blicken fast ausgezogen hast, obwohl wir uns noch nie zuvor gesehen hatten?«

»Ja genau«, antwortete Vittorio und legte seinen Arm um ihre Taille, zog sie an sich und gab ihr einen langen, sehnsuchtsvollen Kuss. »Und obwohl du damals sofort weggelaufen bist, habe ich dich am Ende doch noch bekommen.«

»Nein«, flüsterte Angela. »Ich hab *dich* bekommen. So sieht es nämlich aus.«

Wieder küssten sie sich, und Vittorio zog sie sanft vom Geländer weg in die Schatten.

»Was hältst du davon, wenn wir uns ein bisschen … zurückziehen?«

»Eine gute Idee«, flüsterte Angela nahe an seinem Ohr. Alles in ihr war Begehren, genauso wie damals, bevor sie sich zum ersten Mal geliebt hatten.

»Haben Brauteltern nicht auch ein Recht auf so etwas wie … wie eine … Hochzeitsnacht?«

»Ganz sicher«, lachte Angela. »In irgendeiner Tradition ist das ganz bestimmt so.«

Sie ließ sich von ihm in ihr gemeinsames Schlafzimmer ziehen. Als er den Schlüssel im Schloss umdrehte, sah sie ihn fragend an.

»Immerhin befindet sich deine Schwägerin im Haus«, sagte er mit einem Zwinkern. »Bei Simone weiß man schließlich nie.«

Und dann gab es nur noch sie beide, ihre Liebe, Vertrautheit und das Glück, das sie sich gegenseitig schenkten.

ENDE

Tabea Bach führt uns mit ihrer neuen Reihe auf die Kanarischen Inseln. Genießen Sie jetzt die Leseprobe des ersten Bandes der Salzgarten-*Saga.*

Leseprobe aus

Tabea Bach

Sonne über dem Salz Garten

1
Grießbrei

Julia probierte die Sauce, schloss kurz die Augen, und einen winzigen Moment lang trat die glänzende Restaurantküche mit ihren Chromstahlarbeitsplatten samt ihrer Mannschaft in den Hintergrund. Auf Julias Zunge explodierte ein wahres Bouquet an Aromen: pfeffrig, fruchtig mit einem feinen Anteil an Bitterstoffen, den nur herausschmeckte, wer sich wirklich auskannte. Dann eine Spur von Zimt, Koriander und – das war ihr Geheimnis – Vanille. Das Fruchtfleisch einer halben Ananastomate spendete gleichzeitig Süße und Säure. So musste es schmecken, kein bisschen anders. Auch die Menge an Salz, natürlich feinstes aus dem Himalaja, stimmte genau. Der Begriff Sauce oder Soße kam ja schließlich vom lateinischen *salsus* und bedeutete »gesalzen«. Julias Saucen jedoch waren weit mehr als »gesalzen«, sie waren es, die ihren Gerichten erst die unverwechselbare Note gaben. An jeder einzelnen, die an diesem Abend auf ihren großen Moment wartete, hatte Julia jahrelang gefeilt. Diese hier würde dem schonend gebratenen Heilbutt einen glanzvollen Auftritt bescheren. Mit dem iranischen Beluga Malossol Kaviar, von dem sie am Ende ein paar Perlen über das fertige Gericht streuen würde, erhielt dieses kulinarische Meisterwerk seine finale Note. Unter anderem dafür hatte sie erst vor wenigen Wochen den heiß begehrten Michelin-Stern für das *Savoir vivre* errungen, und das im Alter von nur 32 Jahren.

Sie hatte keine Ahnung gehabt, dass die gefürchteten Inspektoren des Guide-Michelin im Restaurant gewesen waren, und als ein früherer Kollege sie anrief, um ihr zu gratulieren, hatte sie im ersten Moment geglaubt, er nehme sie auf den Arm. Als sie jedoch begriffen hatte, dass sie nun wirklich und wahrhaftig zu den Sterneköchen zählte, hatte sie ein unbeschreibliches Glücksgefühl durchflutet, das sie alle Strapazen, die zu diesem Beruf gehörten, vergessen ließ und sie weiter anspornte, ihr Bestes zu geben.

Amelie, die den Service leitete, kam in die Küche und reichte Julia einen Zettel mit den neuen Bestellungen.

»Zweimal das Frühlings-Menü«, rief Julia ihrer Mannschaft zu. »Je einmal das Vegetarische und das Degustationsmenü.«

Kaum hatte sie die neue Order ausgerufen, als sich ihre Kollegen auch schon als gut eingespieltes Team in Bewegung setzten. Jeder wusste genau, was er zu tun hatte, um zum Ganzen beizutragen. Paul, der als Entremetier für Gemüse, Eierspeisen und sonstige Beilagen zuständig war, holte bereits die Zutaten für das vegetarische Menü aus seiner Kühlschublade, in der jeder Koch die Rohprodukte für die ihm anvertrauten Gerichte griffbereit aufbewahrte. Julias Souschef René wendete gekonnt das Filetsteak in der Pfanne, das gleich gemeinsam mit dem Heilbutt an Tisch 1 serviert werden würde. Julia mochte den jungen Koch aus dem Elsass. Sie hatte ihn erst vor wenigen Monaten in einem Colmarer Lokal entdeckt und ihn im Auftrag des Restaurantbesitzers für das *Savoir vivre* angeworben. René hatte zwar noch nicht die Finesse eines Sternekochs, doch er lernte schnell und arbeitete effizient. Und das zählte in einer so anspruchsvollen Restaurantküche, in der es stets hoch herging.

»Briggi«, rief Julia ihrer Kaltmamsell zu, während sie den Heilbutt aus der Pfanne nahm, wo sie ihn von beiden Seiten exakt eine Minute lang zartgolden angebraten hatte, »hast du die Vorspeisen im Griff? Oder soll Markus dir helfen?«

Markus sprang als Tournant stets dort ein, wo es am meisten eilte.

»Alles im Griff«, gab Briggi zurück, murmelte wie immer leise die unterschiedlichen Gerichte vor sich hin, die sie nun vorzubereiten hatte, und griff bereits mit geübten Händen in die Körbe mit den verschiedenen Salatsorten.

Julia nahm einen der vorgewärmten Teller aus dem Rechaud, gab Sauce darauf, was man in der Gourmetküche »einen Spiegel machen« nannte, und setzte den Fisch hinein. Dann formte sie aus dem cremigen Champagnerrisotto mit dem Löffel zwei perfekte Nocken und platzierte sie neben dem Heilbutt, dekorierte ihn mit ein wenig Brunnenkresse, legte einen Faden aus mildem, kalt gepressten Tacciasca-Olivenöl aus Albenga darum, holte die Dose mit dem erlesenen Kaviar hervor und gab einen halben Teelöffel von diesen prächtigen, hellgrau glänzenden Körnern über das Gericht.

»Amelie«, rief sie. »Schnell. Der Fisch muss serviert werden.«

Auch René hatte seinen Teller fertig und stellte ihn

neben den Heilbutt auf die Durchreiche. Da erschien Amelies bestürztes Gesicht in dem Fensterchen.

»Schlechte Nachrichten«, sagte sie. »Die Dame von Tisch 1 hat es sich anders überlegt. Sie will den Heilbutt nicht mehr, sie sagt, sie fühle sich plötzlich nicht gut und Fisch wäre jetzt eine ganz schlechte Idee. Sie will lieber ein Omelett.«

Julia glaubte nicht richtig zu hören. »Ein Omelett? Das kommt nicht infrage. Bitte geh hin und erklär ihr, dass es zu spät ist fürs Umbestellen. Der Fisch ist fertig. Amelie, das ist Heilbutt. Mit erstklassigem iranischem Beluga Malossol!«

»Das würde ich ja gern tun«, sagte Amelie leise und behielt dabei das Restaurant im Auge. »Aber Kercher hat ihr gerade gesagt, dass es gar kein Problem ist.«

Julia stieß einen frustrierten Laut aus. Kercher war zwar der Besitzer des Lokals, in ihren Augen jedoch ein Dilettant erster Güte. Er hatte weder Ahnung vom Kochen noch davon, wie man ein solches Restaurant zu führen hatte. Das Einzige, was er in die Waagschale werfen konnte, war sein offenbar unerschöpfliches Vermögen. Denn mit einem Sternelokal viel Gewinn zu machen war schlechterdings unmöglich. Dazu waren die Gerichte zu aufwendig und die Zutaten zu teuer. Die Anzahl der Tische war zu gering und das Personal zu zahlreich. Die alteingesessenen Sterneküchen hatten meistens ein Hotel und noch ein oder zwei weitere Gaststätten mit ganz normaler Küche und großer Auslastung im Hintergrund, die genügend Umsatz machten. Das Sternelokal betrieb man lediglich aus Prestigegründen. Das *Savoir vivre* allerdings hatte nichts dergleichen. Sein einziger Trumpf war Julia.

»Machst du jetzt das Omelett?«, fragte Amelie und sah über die Schulter zurück ins Restaurant.

»Paul«, sagte Julia aufgebracht zu ihrem Entremetier. »Ein Omelett für Tisch 1, bitte.« Sie atmete tief durch, um ihren Ärger zu dämpfen. »Und das Filet kommt in den Wärmeschrank. Mit dem Fisch geht das ja leider nicht, den können wir keinem anderen Gast mehr servieren.« Zu Amelie gewandt fügte sie noch immer empört hinzu: »Ist dir klar, was wir da wegwerfen müssen? Dieser Kaviar kostet achttausend Euro das Kilo.«

»Bitte, Julia«, unterbrach Amelie sie. »Ich finde das auch blöd. Aber es hilft ja nichts. Es ist schließlich nicht dein Geld, das in den Müll wandert.«

Aber das tröstete Julia kein bisschen. Ihr ging es doch gar nicht ums Geld. Ihr ging es ums Prinzip. Und um die skandalöse Verschwendung kostbarer Zutaten. Ihr ging es um die Liebe, die sie in diese Gerichte steckte. Deshalb bin ich nicht Köchin geworden, dachte sie erbittert, während sie die ersten fertigen Vorspeisen kontrollierte. Eine Schande ist das, dachte sie und probierte, ob das Dressing für den Frühlingssalat auch die richtige Säure hatte.

»Was machen wir jetzt damit?«, fragte Kevin, der Jüngste in der Truppe und fürs Ab- und Aufräumen zuständig. Er wies auf den wunderschön angerichteten Teller mit dem Heilbutt. »Soll ich das wirklich wegtun?«

Julia zögerte. Nein, sie brachte es einfach nicht übers Herz.

»Pack ihn in Folie und stell ihn in den Kühlschrank«, bat sie Kevin.

Ihr Zorn war verraucht und einer riesigen Niedergeschlagenheit gewichen. So viele entbehrungsvolle Jahre lagen hinter ihr. Und eine Karriere, so steil wie der Aufstieg zum Montblanc – und wofür? Sie dachte an die schwierigen Lehrjahre unter strengen Chefs, die sie als Frau besonders hart herangenommen hatten. *Frauen haben in den Küchen der gehobenen Gastronomie nichts zu suchen*, hatte ein weltberühmter Maître de Cuisine ihr ins Gesicht gesagt und ihr das Leben so schwer wie nur möglich gemacht. Julia hatte sich durchgebissen, hatte sich nicht unterkriegen lassen.

War immer die Beste gewesen. Und wofür? Dass man ihr Essen in den Müll warf, weil so eine dumme Pute auf einmal lieber ein Omelett wollte? Wenn das ein Einzelfall wäre, dachte Julia, dann könnte man ja darüber hinweggehen. Aber leider kamen solche Szenen viel zu häufig vor.

Nein, wegwerfen würde sie den Heilbutt nicht. Wie so oft würde sie die Delikatesse der obdachlosen alten Frau im Park geben, an dem sie auf ihrem Nachhauseweg vorüberkam.

Sie selbst aß außerhalb der Restaurantküche selten mehr als ein Müsli am Morgen. Der tagtägliche Umgang mit Speisen machte sie im Gegensatz zu vielen Kollegen nicht hungrig, sondern eher von vorneherein satt. Außerdem musste sie ja häufig probieren. Obwohl es sich dabei stets um minimale Mengen handelte, kam im Laufe eines Tages doch das eine zum anderen. Während andere Küchenchefs mit den Jahren auseinandergingen wie Julias berühmte Germknödel, war sie bislang schlank geblieben, und das lag sicher auch an der allgegenwärtigen Hektik. So wie jetzt, als es galt, nicht nur die Speisefolge der vier Menüs für Tisch 5 so abzuarbeiten, dass jeder Gang den vier Gästen gleichzeitig serviert werden konnte, sondern auch die Bestellungen der übrigen Tische umzusetzen.

Die ersten Gänge für Tisch 5 waren fertig, die Teller standen in Reih und Glied. Julia inspizierte jeden einzelnen, korrigierte hier eine Dekoration, wischte dort mit einem sauberen Tuch über einen Tellerrand.

»In Ordnung«, sagte sie und die Vorspeisen verließen die Küche.

Die Messer der Köche blitzten und zerkleinerten in rasender Geschwindigkeit marktfrisches Gemüse. Der Dampfgarer wurde geöffnet und entließ eine kleine Wolke. In Renés Pfanne zischte ein Entrecôte vom Angusrind. Markus prüfte die Lammkeule und schnitt sie in perfekte, acht Millimeter dicke Scheiben auf. In der Patisserie nebenan zerteilte Henry ein Blech glacierten Zitronenbiskuit in Rauten und richtete diese mit feinem Himbeerpüree, frischen Waldbeeren und Eis von der Tonka-Bohne sowie einem winzigen Gläschen mit Mousse au Chocolat an. Dann verzierte er das Ganze mit einem hauchfeinen Fächer aus gitterförmiger Bitterschokolade.

Amelie brachte neue Order in die Küche und Julia gab sie weiter, und ihre Mitarbeiter fingen sie auf wie imaginäre Bälle, jedes Gericht eine Komposition aus der Welt der Sinne. Und dann geschah es wieder, alles fügte sich, wie es sollte, die Jakobsmuscheln verwandelten sich unter den Händen ihrer Köche in

Zungenschmeichler, das Lauchsoufflée in eine Wolke aus Gartenträumen, der karamellisierte grüne Spargel in ein kulinarisches Erlebnis. Nein. Es musste nicht immer Kaviar sein. Auch Radieschen konnten ihren Charme entfalten wie etwa in einer Vorspeise, in der sie ganz und mit der kleinen Wurzel serviert wurden an einer Vinaigrette, die ihresgleichen suchte.

Und so vergingen die folgenden Stunden, bis auf einmal Kercher in der Küche erschien und streng sagte: »Ich habe Ihnen doch gesagt, dass Sie während des Restaurantbetriebs nicht zu sprechen sein sollen.«

»Bin ich auch nicht«, gab Julia knapp zurück.

René hatte gerade unter ihrer Anleitung einen wundervollen zarten Käse aus Schafsmilch frittiert, sodass er außen knusprig und innen cremig geworden war, und der musste nun so schnell wie möglich hinaus und auf den Tisch.

»Da ist ein Mann für Sie am Telefon«, fuhr Kercher fort und erst jetzt bemerkte Julia das Restauranttelefon in seiner Hand. »Er sagt, er sei Ihr Bruder.«

»Jens?« Auf einmal war Julia ganz Ohr. Jens lebte auf der Kanarischen Insel La Palma und rief nie an. Und wenn er es tat, hieß das meistens nichts Gutes. »Bitte sagen Sie ihm, dass ich ihn später zurückrufe.«

»Das hab ich schon, aber er lässt sich nicht abwimmeln. Hier.« Kercher hielt ihr erbost das Telefon hin. »Sagen Sie es ihm selbst.«

Julia stöhnte innerlich auf und wischte sich die Hände ab. Dann griff sie nach dem Hörer. »Jens?«, fragte sie.

»Herrgott, Julia, du hast dein Handy ausgeschaltet«, drang die aufgebrachte Stimme ihres Bruders an ihr Ohr.

»Natürlich. Ich arbeite«, gab sie zurück. »Lass uns morgen sprechen. Gegen drei Uhr hab ich Zeit.«

»Emil ist abgehauen«, fuhr Jens fort. Julia erstarrte. Emil war ihr zwölfjähriger Neffe, Jens' Sohn. »Das Internat hat gerade angerufen. Du musst unbedingt etwas unternehmen.«

Julia schluckte. Sie liebte Emil. Er war zwar eine Nervensäge und hatte einen unfassbaren Dickschädel, doch das änderte nichts daran, dass er einen ganz besonderen Platz in ihrem Herzen einnahm. Sie sah auf die große Uhr in der Restaurantküche. Es war kurz vor zehn. In einer halben Stunde würden Tisch 3 und 5 neu besetzt werden, eine Gesellschaft, die zuvor ein Konzert besucht hatte. Vor zwei Uhr würde sie auch in dieser Nacht nicht nach Hause kommen.

»Hör zu, Jens«, sagte sie, nachdem sie sich wieder gefasst hatte. »Ich kann jetzt überhaupt nichts tun. Das Restaurant ist voller Gäste und …«

»Es ist dir also ganz egal, wenn Emil etwas zustößt?«

Manchmal konnte ihr Bruder so ein Idiot sein. Die beste Strategie war, das einfach zu ignorieren.

»Ich muss jetzt Schluss machen«, sagte sie. »Aber schick mir alle Details per Mail. Dann kümmere ich mich morgen darum.«

»Du bist so was von unflexibel, Julia. Hat dir das schon mal jemand gesagt?«

»Ich leg jetzt auf, Jens«, sagte Julia entschlossen und drückte den roten Knopf.

»Ist etwas passiert?« Kercher betrachtete sie neugierig unter seinen Hängelidern hervor.

»Mein Neffe ist aus dem Internat abgehauen«, sagte sie. Und auf einmal wurden ihr die Knie weich.

Wie sie es vorhergesehen hatte, war es kurz nach zwei Uhr morgens, als sie das Restaurant verließ. Sie hatte all ihre Reserven mobilisieren müssen, um bis zuletzt die Leistung zu bringen, die man von ihr erwartete und vor allem sie von sich selbst. Ständig hatte sich Emils Gesicht vor ihre Arbeit geschoben, seine schlaksige Gestalt und sein blonder Schopf mit den vielen Wirbeln. Wenn er nur keinen Blödsinn machte. Julia durfte gar nicht daran denken, was ihm alles passieren konnte.

Dass er das Internat am Bodensee hasste, in das ihn sein Vater gesteckt hatte, seit er gemeinsam mit dieser blutjungen Frau nach La Palma ausgewandert war, das wusste Julia schon lange. Wann immer sie es möglich machen konnte – und das war leider nicht oft der Fall –, fuhr sie zu Emils Internat oder zahlte ihm die Fahrkarte, damit er sie am Wochenende besuchen konnte, auch wenn sie eigentlich überhaupt keine Zeit für ihn hatte. Es war verantwortungslos von ihrem Bruder, seinen Sohn so bald nach dem Unfalltod seiner Mutter allein zu lassen. Doch mit Jens war nicht zu reden gewesen. Zu allem Überfluss hatte Emil sich mit der neuen Partnerin seines Vaters so gründlich zerstritten, dass weder er noch die junge Frau bereit gewesen waren, unter einem Dach miteinander zu leben.

Was für eine verfahrene Situation, dachte Julia, als sie das windschiefe, vielfach geflickte Zelt der Stadtstreicherin im Schutz eines riesigen Kirschlorbeerstrauchs in der Ecke der Grünanlage erreichte, das von den Behörden seit Wochen übersehen oder stillschweigend geduldet wurde. Leise stellte sie die Plastiktüte mit dem Essen davor und ging rasch nach Hause.

An der Haustür des Mietshauses angekommen, in dem Julia wohnte, lehnte sie kurz die Stirn gegen das Sicherheitsglas. Sie war so unendlich müde. Dann schloss sie auf und ging die vier Stockwerke hinauf, vorüber an drei Wohnungstüren pro Etage, hinter denen jetzt Menschen schliefen – Julia hatte keine Ahnung, wer oder wie viele. Sie war viel zu selten zu Hause, um die Mitbewohner zu kennen. Der Vorteil der Wohnung unter dem Dach war, dass sie keine Nachbarn hatte, hier oben befand sich nur ihr Appartement. Sie war ganz benommen vor Erschöpfung, sehnte sich nach ihrem Bett. Auf einmal schreckte sie zusammen. In dem düsteren Winkel hinter ihrer Eingangstür bewegte sich eine zusammengerollte Gestalt. Mit einem Schlag war sie hellwach, das Herz hämmerte wie verrückt gegen ihren Brustkorb. War hier etwa jemand eingedrungen und lauerte ihr auf?

»Julia?« Nylonstoff raschelte. Die Gestalt setzte sich auf und rieb sich die Augen.

»Emil!«, stöhnte Julia auf. »Mein Gott, hast du mich erschreckt. Ist alles in Ordnung mit dir?«

»Ja klar.« Umständlich krabbelte der Junge aus

seinem Schlafsack. Seine blonden Haare standen in alle Richtungen ab. Julia hätte weinen können vor Erleichterung, ihn zu sehen. »Ich bin abgehauen, Julia.«

»Ich weiß«, antwortete Julia und schloss ihren Neffen in die Arme.

»Für eine Köchin ist dein Kühlschrank ziemlich leer.«

Julia hatte eben die Couch im Wohnzimmer ausgezogen und das Bettzeug hergerichtet. Als sie nun in die Küche kam, musste sie über Emils enttäuschtes Gesicht lachen, das bläulich von der Lampe im offenen Kühlschrank beleuchtet wurde.

»Bist du hungrig?«, fragte sie und begann in ihrem Vorratsschrank zu kramen. Fehlanzeige.

»Ja, ziemlich«, antwortete Emil. »Hast du nicht einmal Kekse oder so was?«

»Ich fürchte nicht«, gestand Julia und zog sich ihre Jacke wieder an.

»Wo willst du hin?«, wollte Emil misstrauisch wissen.

»Ins Restaurant«, erklärte Julia. »Ist nur ein Katzensprung. Dort gibt es alles.«

Sie gingen schweigend nebeneinander. Julia legte Emil den Arm um die Schulter, was dieser nur widerwillig zuließ. Alles kam ihr so unwirklich vor. Jens fiel ihr wieder ein, vor lauter Müdigkeit hatte sie ihn ganz vergessen. »Wir sollten deinen Vater anrufen«, sagte sie schuldbewusst und schloss die Hintertür des Restaurants auf.

»Lieber nicht«, antwortete Emil trotzig.

»Morgen«, entschied Julia und schaltete die Deckenleuchten in der Küche ein. »Worauf hast du Hunger?«, fragte sie und rieb sich die müden Augen. Sie wusste auswendig, was sich im Kühlraum befand. »Ein Kalbsschnitzel? Oder lieber Lammcarrée? Oder soll ich dir eine Forelle braten?«

Emil wirkte blass in dem hellen Neonlicht. »Kannst du mir nicht einen Grießbrei machen?«, fragte er mit kleiner Stimme, so als wäre er keine zwölf Jahre alt, sondern höchstens acht.

»Grießbrei?« Julia rieb sich den verspannten Nacken. »Lass mich mal nachsehen.«

Im Schrank fand sie tatsächlich eine Packung Weizengrieß. Sie nahm eine kleine Kupferkasserolle vom Haken und maß einen halben Liter Milch ab. Dann fügte sie Zucker und eine Prise Salz hinzu und schabte das Innere einer Vanilleschote hinein. Als die Milch kochte, ließ sie den Grieß einrieseln und rührte kräftig weiter, während es im Topf brodelte wie in einem kleinen Vulkan. Dann reduzierte sie die Hitze, trennte ein Ei und ließ eine Küchenmaschine das Eiklar im Handumdrehen zu festem Schnee schlagen, während sie den Topf vom Herd nahm, einen Schuss Schlagrahm zum Brei gab und den Dotter einrührte, ehe sie den Eischnee unterhob. Emil, der auf einem der Küchenhocker saß, sah ihr fasziniert dabei zu.

»Das wirkt alles so easy bei dir«, staunte er, als Julia den luftigen Brei schließlich auf einen Teller gab.

»Zucker und Zimt?«, fragte sie, und als Emil nickte, stäubte sie die Mischung, die Henry stets parat hielt, über die duftende Oberfläche.

Sie zog einen weiteren Hocker heran und sah ihrem Neffen zu, wie er auf seinen Löffel mit dem heißen Brei pustete.

»Das riecht nach früher«, sagte er und Julia zog es das Herz zusammen.

Sie hatte Emils Mutter sehr gemocht. Mit Alice hatte sie sich viel besser verstanden als mit ihrem Bruder. Doch auch Jens war an der Seite dieser fabelhaften Frau viel umgänglicher gewesen. Der Unfall vor drei Jahren hatte nicht nur Emil aus der Bahn geworfen, sondern auch ihn.

»Jetzt erzähl mal«, forderte Julia ihren Neffen sanft

auf, um das Thema zu wechseln. »Warum bist du vom Internat weggelaufen?«

»Weil die dort spinnen«, erklärte er und probierte vorsichtig, um sich nicht die Zunge zu verbrennen. »Ich geh da nie wieder hin.«

»Dein Vater wird da auch ein Wörtchen mitreden wollen«, entgegnete Julia.

»Papa kann mich mal«, gab Emil heftig zurück. »Der hat gut reden dort auf seiner Insel. Weißt du, dass er mich noch kein einziges Mal im Internat besucht hat?« Ja, Julia wusste das und sie war entsetzt darüber. Dennoch hielt sie es für klüger, jetzt nicht zu antworten. »Es interessiert ihn einen Scheiß, wie es mir geht.«

»Emil«, mahnte Julia sanft.

»Aber es stimmt. Das findest du doch auch.« Emils tiefblaue Augen waren fest auf sie gerichtet. »Kannst es ruhig zugeben. Ich verrat es ihm bestimmt nicht.«

»Ich finde es auch nicht gut, wie Jens sich verhält«, räumte Julia ein. »Aber ich bin nur deine Tante und habe nicht das Sorgerecht für dich. Und du bist erst zwölf.«

Emil schwieg und starrte finster auf seinen Teller.

»Was ist? Schmeckt es dir nicht?«

»Doch, schon«, machte Emil und nahm einen

weiteren Löffel. »Aber eins musst du wissen: Ich geh nie mehr ins Internat zurück. Ganz egal, was Papa sagt.«

»Warum? Was ist denn passiert?« Emil tat so, als hätte er ihre Frage nicht gehört, und widmete sich ganz und gar seinem Grießbrei. »Willst du es mir nicht erzählen?«

»Nein«, sagte Emil und sah sie trotzig an. »Es gibt nichts zu erzählen. Der ganze Laden ist unterirdisch. Die haben Erziehungsmethoden wie im Mittelalter. Das tu ich mir nicht länger an.«

»Und was willst du dann machen?«, fragte Julia. »Du musst schließlich zur Schule gehen.«

Emil kratzte den letzten Rest Brei aus dem Teller. Dann legte er den Löffel hin und sah sie an. Der Ausdruck in seinen Augen hätte einen Stein zum Erweichen gebracht. »Kann ich nicht bei dir wohnen?«, fragte er flehentlich. »Hier gibt es doch garantiert auch eine Schule. Ehrlich, Julia. Du bist die Einzige auf der Welt, der ich nicht egal bin.«

Julia schluckte. Vor Müdigkeit flimmerte es ihr vor den Augen. Im Grunde hatte er recht. Doch wie sollte sie sich mit ihrem Beruf um einen Zwölfjährigen kümmern?

»Lass uns morgen darüber sprechen«, bat sie und erhob sich.

Mechanisch stellte sie Topf und Teller ins Spülbecken und ließ ein wenig Wasser hinein.

»Du willst mich auch nicht«, hörte sie Emil hinter sich sagen, und seine Stimme klang so unfassbar traurig, dass ihr die Tränen in die Augen schossen. »Sogar dir bin ich egal.«

»Sag so was nicht«, bat sie und schloss ihn in die Arme. »Ich hab dich lieb, Emil. Wir werden eine Lösung finden. Das verspreche ich dir.«

Emil schlief längst tief und fest im Wohnzimmer, davon hatte sich Julia überzeugt. Sie hingegen lag wach und starrte an ihre Schlafzimmerdecke.

Eine Lösung finden, ja, das sagte sich so einfach. Doch welche? Sie war Sterneköchin, ein Beruf, der sie rund um die Uhr beanspruchte. Nicht nur abends stand sie in der Küche, auch wenn das *Savoir vivre* zum Glück erst ab 18 Uhr geöffnet hatte. In aller Herrgottsfrühe fuhr sie zum Großmarkt, um frische Lebensmittel einzukaufen, erstklassiges Gemüse, Obst, Fisch und Fleisch. Ein paarmal hatte sie bereits René mitgenommen, um ihn bei den Händlern bekannt zu machen, doch noch traute sie ihm die Auswahl der kostspieligen Ware nicht allein zu.

Bis sie dann alles im Kühlraum verstaut hatte, war es zehn, und dann galt es, die Vorbereitungen für den Abend zu treffen.

Julia drehte sich auf die andere Seite, ging im Geiste die Arbeitsschritte vom kommenden Tag durch und überlegte, was sie vereinfachen könnte. Denn ihr blieb nur die Zeitspanne zwischen diesen Vorarbeiten und dem Beginn des Restaurantbetriebs, um gemeinsam mit Emil nach einer Lösung zu suchen. Ein Zeitfenster von zwei, drei Stunden.

Sie warf sich wieder auf die andere Seite und blinzelte aus vor Müdigkeit brennenden Lidern zu den Leuchtziffern ihres Weckers hinüber. 04:13 zeigte er an. Julia seufzte. In etwas mehr als einer Stunde würde er läuten. Eigentlich konnte sie auch jetzt gleich aufstehen. Und genau, als sie das dachte, schlief sie ein.

Als der Wecker klingelte, fuhr sie aus bleiernem Schlaf hoch und brauchte ein paar Sekunden, um sich zu orientieren. Mühsam kämpfte sie sich aus dem Bett und ging direkt unter die heiße Dusche, die sie nach einigen Minuten auf kalt einstellte und die Zähne zusammenbiss, bis ihre Haut gefühllos wurde und ihr Kopf klar. Sie rubbelte sich mit dem Handtuch ab, schlüpfte in ihren Bademantel und ging leise zurück ins Schlafzimmer, um sich anzuziehen.

»Was machst du denn so früh?« Emil stand in der Tür, fuhr sich durch sein ohnehin schon verstrubbeltes Haar und gähnte herzhaft.

»Ich muss zum Großmarkt«, antwortete Julia. »Einkaufen. Aber du kannst noch eine Runde schlafen.«

»Wann kommst du wieder?«

Julia biss sich auf die Unterlippe. »Am Nachmittag«, sagte sie und warf Emil einen schuldbewussten Blick zu. »Gegen drei.«

Emil riss die Augen auf. In seinem Kopf schien es zu arbeiten.

»Dann komm ich mit dir«, sagte er entschlossen und ging zurück ins Wohnzimmer. Kurz darauf erschien er wieder in Jeans, T-Shirt und Anorak. Auch Julia war bereits startklar.

»Und du willst wirklich mitkommen?«, fragte sie skeptisch, prüfte den Inhalt ihrer Handtasche und schaltete ihr Handy an. »Was ist mit Frühstück?«, fragte Emil.

»Später«, antwortete Julia. »Du weißt ja, ich hab eh nichts im Haus.«

Zuerst ging sie wie immer zu ihrem Fischhändler, denn hier galt es den besten Fang zu ergattern. An diesem Morgen gab es Seeteufel aus der Bretagne und – Julia wurde ganz aufgeregt, als sie das sah – Seeigel, eine Rarität. Sie erwarb das letzte Dutzend und entschied sich außerdem für wilde Austern, komponierte im Geiste bereits ein neues Menü und hoffte auf Gäste, die derartig seltene Genüsse zu schätzen wüssten. Sie gab Emil den Autoschlüssel, damit der Gehilfe des Fischhändlers die eisgekühlten Boxen direkt in ihren Wagen laden konnte.

»Wir treffen uns bei dem Obsthändler dort drüben«, erklärte Julia ihrem Neffen und machte sich bereits auf den Weg.

Konzentriert prüfte sie das Angebot und wählte rasch. Natürlich nahm sie weißen Spargel, es war der erste der Saison. Außerdem empfahl ihr der Händler junge, zarte Artischocken von einem Biobauern aus Sizilien. Dazu passten Blutorangen der Sorte »Il Fragolino«, die Julia ganz besonders mochte und die auch Henry gerne bei seinen Desserts verwendete. Sie probierte gerade eine Himbeere, als ihr Handy klingelte.

»Ja bitte?«, meldete sie sich und bereute es sofort. Es war Jens und er war in heller Aufregung.

»Das Internat will die Polizei verständigen«, überfiel er sie. »Emil muss etwas passiert sein.«

»Er ist bei mir«, antwortete Julia und erlebte etwas, was sehr selten vorkam: Jens blieb offenbar die Luft weg. Dann setzte ein Donnerwetter ein, sodass Julia den Hörer ein Stück vom Ohr weghielt. Sie drehte sich um und sah Emil durch den Gang auf sich zukommen. Er wirkte übermüdet, aber ansonsten erstaunlich glücklich. Dass sie ihn ernst nahm und wie einem Küchengehilfen den Autoschlüssel anvertraut hatte, machte ihn offensichtlich stolz.

»Jetzt halt mal die Luft an«, unterbrach Julia den Redeschwall ihres Bruders. »Dein Sohn saß vor meiner Wohnungstür, als ich gestern von der Arbeit kam. Es war zwei Uhr nachts. Wir wollten dich nicht stören. Überhaupt«, fügte sie hinzu und sah auf ihre Armbanduhr. »Was machst du so früh schon auf?«

Emil hatte sie erreicht, sein Lächeln erstarb. Offenbar erriet er, mit wem Julia sprach.

»Ich will ihn sofort sprechen«, schrie Jens aus dem Hörer.

»Dein Vater will dich sprechen«, wiederholte sie unnötigerweise für Emil und reichte ihm das Telefon.

Der griff nur zögernd danach. »Ja?«, fragte er. Und dann sagte er eine Weile gar nichts mehr, sondern lauschte den Worten seines Vaters. Seine Miene verschloss sich immer mehr. »Nein«, sagte er nach einer Weile. »Nein.« Und immer wieder »Nein«.

»So geht das nicht«, sagte Julia entschlossen und nahm ihrem Neffen das Telefon aus der Hand. »Hör zu, Jens. Emil will nicht mehr zurück ins Internat, begreif das doch. Und bei mir kann er nicht bleiben.« Emils Enttäuschung zu sehen, tat fürchterlich weh. »Mit meinem Beruf ist das unvereinbar. Leider. Aber was ist mit La Palma?« Emil begann mit den Händen abwehrend herumzufuchteln und auch Jens schien nicht begeistert von dem Vorschlag. »Nun hört doch mal zu«, insistierte Julia und sah bedauernd, wie ein Konkurrent die ganzen Himbeeren aufkaufte, die sie gerne gehabt hätte. »Es muss ja nicht für immer sein. Wie lange ist es her, dass du deinen Sohn gesehen hast? Ein halbes Jahr? Länger? Das ist kein Zustand, Jens. Zumindest müsst ihr euch aussprechen und gemeinsam überlegen ...«

»Aber nur, wenn du mitkommst«, erklärte Emil und zerrte an ihrem Arm.

»Ich fürchte, da brauchen wir dich als Mediatorin«, sagte Jens gleichzeitig. »Sonst garantiere ich für nichts.«

»Ich. Muss. Arbeiten«, entgegnete Julia aufgebracht. »Und weil wir gerade dabei sind: Wir vertagen das

Gespräch. Sonst schnappen mir die anderen die besten Produkte vor der Nase weg. Wir hören uns, Jens. Bis bald.«

Sofort warf sie sich ins Getümmel, um sich eine Charge Walderdbeeren zu sichern sowie wundervolle Freilandkräuter und den ersten Bärlauch der Saison. Und weiter ging es zu verschiedenen Fleischlieferanten.

Es war halb neun, als sie endlich alles beisammenhatten und Julia ihren Neffen zu einem kurzen Frühstück am Stand eines französischen Bäckers einlud.

»Ich will nicht auf die blöde Insel«, protestierte Emil und bemerkte gar nicht, dass er Puderzucker von dem Vanillehörnchen auf seiner Nasenspitze hatte.

»Andere machen da Urlaub«, entgegnete Julia. Und plötzlich kam ihr ein Gedanke. Urlaub. Wann hatte sie ihren letzten gehabt? Sie konnte sich nicht daran erinnern. Sie hatte so rasant von einer Gourmetküche in die nächste gewechselt, um so viele Erfahrungen wie nur möglich zu sammeln, dass sie sich außer ein paar freien Tagen hier und dort keine Auszeit erlaubt hatte.

»Also, ich geh da wirklich nur hin, wenn du mitkommst«, quengelte Emil und verteilte mit dem Handrücken den Puderzucker im ganzen Gesicht. »Du musst Papa erklären …«

»In Ordnung«, hörte Julia sich sagen und erschrak

sofort. War sie verrückt geworden? Wer sollte im *Savoir vivre* nach dem Rechten sehen?

Eine Woche kommen die auch ohne mich klar, beruhigte sie sich dann selbst. Und wenn nicht, weiß Kercher wenigstens, was er an mir hat.

~

Der Roman ist ab Frühjahr 2022 im Buchhandel erhältlich.

Ein unvergessliches Weihnachtsfest mit Kater Kasimir

Elke Schweizer
DER WEIHNACHTSKATER
Roman
272 Seiten
ISBN 978-3-404-18550-4

Die erfolgreiche Rechtsanwältin Laura kümmert sich nach dem Tod ihrer Schwester um deren Kinder. Anfangs fühlt sie sich mit dieser Aufgabe völlig überfordert. Aber sie liebt die drei Kinder und möchte ihnen ein schönes Zuhause bieten. Als wäre das alles nicht schwierig genug, bereitet ihr der neue Nachbar auch noch Ärger. Doch dann taucht Kater Kasimir auf. Plötzlich ist alles anders, und bald glaubt sogar die vernünftige Laura, dass es Weihnachtswunder geben kann.
Ein zauberhafter Weihnachtsroman mit einer romantischen Liebesgeschichte und dem eigenwilligen Kater Kasimir

Lübbe